講談社文庫

作家ごはん

福澤徹三

講談社

目次
Content

イラスト・薩美佑

作家ごはん

一 書かない作家〈旨さに驚くポークソーセージと冷奴〉

改札を抜けて高尾駅北口をでると、ツクツクボウシが鳴いていた。

セミの声を聞くのはひさしぶりだから足を止め、あたりを見まわした。東京の西のはずれとあって駅前はのどかな雰囲気で、高いビルはなく人通りもまばらだった。

いままでてきた駅舎は寺や神社を思わせる木造建築で、関東の駅百選に選ばれているらしい。八月下旬になってもヒートアイランド現象で蒸し暑い都心にくらべて、吹く風は涼しく空も青く澄んでいる。

スーツにリュックを背負った山野内和真《やまのうちかずま》は深呼吸をして歩きだした。

スマホで地図を見ながら歩いていくと、街並はますます閑散としてきた。民家や商店が点々とならび、すぐそばに山が迫っている。

千葉の実家をでて、東京でひとり暮らしをはじめたのは大学に入った十八歳のときだ。あれから四年が経《た》つけれど、高尾にはいままできたことがない。勤務先がある神田から電車で一時間ちょっとの距離に、これほど緑豊かな環境があるとは知らなかった。

いまから訪ねる竹林賢一郎《たけばやしけんいちろう》が住んでいるだけあって風情がある。

竹林は還暦すぎの作家で著書は二十冊ほどだから、デビューから三十年近いキャリアのわりに寡作だ。本のジャンルはさまざまで、心霊をテーマにしたホラー小説、本格的な警察小説、ドタバタのコメディ小説、ヤクザだらけのアウトロー小説、現代の若者を描いた青春小説もある。

和真はジャンルのちがいに当惑しながらも、竹林の小説を愛読してきた。

実話をもとにしたというホラー小説の『廃屋で拾った日記』は夜トイレにいけなくなるほど怖かった。老刑事と若い鑑識官が迷宮入りの事件を暴く『目撃者の骨』は緻密な推理に感心した。

欲望の塊のようなヤクザの成功と破滅を描いた『狂犬は闇を疾る』はリアルな暴力描写に鳥肌が立った。ネットのブックレビューで酷評された作家が投稿者に復讐《ふくしゅう》を遂げる『まだ届いてないので期待をこめて星ひとつです』は、うっかり電車のなかで読んで笑いをこらえるのに苦労した。

いちばん好きなのは『夜の音を聞け』という青春小説で、主人公の貧しく孤独な若者が読書を通じて悩みを克服し、たくましく成長していく長編で映画化もされた。高校二年のときにこれを読んで感動したのが、編集者を志すきっかけとなった。もし編集者になれたら竹林の本をだしたい。そんな思いから大学では文学部に入り、就活は出版社に的を絞った。

今年の春に新卒で入社した「文聞社《ぶんぶんしゃ》」は準大手の出版社で、和真が所属するのは文芸編集部だ。文芸編集部は、月刊文芸誌『小説文聞』や単行本と文庫本の刊行を手がけている。

文聞社に入社すると編集について学び、上司で編集長の橋詰基樹《はしづめもとき》から担当する作家を割りあてられた。橋詰は四十六歳で背が低く、ぽっちゃり肥《ふと》っている。人気の作家にはぺこぺこして、新人や売れていない作家には横柄だが、業界ではそれがふつうなのかもしれない。

ほかに担当したい作家はいるかと橋詰に訊《き》かれて、

「竹林賢一郎先生です」

すぐさまそう答えたら、色白のぽっちゃり顔が曇った。

「竹林さんかあ。うちの社長が編集者のとき、あのひとの担当だったけど、ああだこうだいうばかりで一冊も書かなかったそうだ。うちだけじゃなく他社でも書き渋って、依頼してもめったに書かないから、編集者のあいだじゃ『書かずのチクリン』で有名だよ」

「え、『書かずのチクリン』って――」

「苗字《みょうじ》が竹林だからさ」

「そんなに書かないで生活できるんでしょうか」

「あのひとの小説はいくつか映画やドラマになったから、当時は稼いだかもね。でも、ここ何年かは新刊でてないし、旧作もたいして売れてないだろう。もう終わった作家じゃないかな」

「ぜひ担当したいんです。ずっとファンだったんで――」

「まあこれも勉強だから、やってみればいい。ただし本来の担当作家をおろそかにしないように」

文聞社社長の藤原正兵衛《ふじわらしょうべえ》は六十すぎで温厚な性格だが、若いころはやり手の編集者だったらしい。その藤原が担当しても書かないとなると、むずかしそうだ。けれども難易度が高いぶん、やりがいもある。

和真は、さっそく竹林賢一郎に手紙を書いた。編集者になったわりに字が下手だからメールのほうが楽だったが、手書きのほうが気持が伝わると思った。ずっとファンだったことと担当になったのであいさつしたいと書き、まだ原稿の依頼には触れなかった。手紙をだしてから半月ほど返事はなく、電話すべきか迷っていたらメールが届いた。

山野内和真さま

ご丁寧なお便りを誠にありがとうございます。

このたび私の担当になられたとのことで、よろしくお願い申しあげます。

さてお目にかかる件ですが、このところ仕事が忙しく外出をひかえております。つきましては大変恐縮ながら、ご都合のよい日時に拙宅までお越しいただければ幸いです。

それでは取り急ぎ用件のみにて失礼します。

竹林賢一郎　拝

氏名のあとの「拝」は相手を敬うという意味で、文面もやけに低姿勢だ。橋詰はもう終わった作家だといったが、ちゃんと仕事もしているようだ。あこがれの竹林に会えると思ったら、うれしくて興奮した。

ネットで検索すると、竹林賢一郎の画像がいくつもでてくる。竹林は白髪混じりの長髪で目つきが鋭く、いつも口をへの字に結んでいるせいで顎に梅干みたいな皺《しわ》がある。インタビューやエッセイではプライベートに言及しておらず、どんな生活をしているのか謎だった。

高尾駅から十分ほど歩いて、山へと続く坂道をのぼった。ツクツクボウシの声が降るように響く。道沿いに古びた寺があり、隣は広大な墓地だった。墓石の群れは山の中腹まで連なっていて薄気味悪い。道をまちがえたのかとスマホで地図を確かめたが、方向はあっている。

さらに歩くと、坂道のむこうに瓦葺《かわらぶき》の民家がぽつんとあった。くすんだブロック塀をめぐらせた庭に雑草が生い茂り、二階建ての木造家屋は廃屋かと思うほど古びている。門柱の表札は黒く汚れ、目を凝らすと竹林の文字がある。もうちょっとましな家を想像していただけに意外だったが、自宅を見にきたわけではない。錆《さ》びついた門扉《もんぴ》は開いていたから、玄関までいってチャイムのボタンを押した。しかしチャイムは鳴らない。

木枠にすりガラスが入った古めかしい引戸に手をかけたら、すんなり開いた。三和土《たたき》に靴やサンダルがある。

「ごめんください。文聞社の山野内と申しますが――」

奥へむかって声をかけたが、誰もでてこない。腕時計の針は四時五十五分をさしている。竹林には五時にうかがうとメールしたから家にいるはずだし、鍵もかけずに外出はしないだろう。

不審に思っているとカタカタ音がした。玄関をあがってすぐに階段があり、音は二階から聞こえてくる。誰かいるのはまちがいない。竹林はたしか六十三歳だから、もう若くはない。もしかして体調が悪いのか。和真は心配になって、

「竹林先生、いらっしゃるんでしょう。大丈夫ですか」

大声で叫んだが返事はなく、カタカタという音が続いている。床に倒れた竹林が手足を突っ張らせて痙攣《けいれん》する姿が脳裏に浮かんだ。

「お邪魔しますっ」

和真は大声でいって階段を駆けあがった。二階は八畳ほどの和室だったが、そこに足を踏み入れたとたん目を見張った。

テレビの画面にゾンビの群れが映っていて、その前でヘッドホンをつけた浴衣姿の男があぐらをかき、コントローラーのボタンを連打している。こっちに背中をむけた男は、腕にじゃれつく茶トラの猫を振りはらいながら、

「やめなさい、やめなさいっ。もうすぐクリアなんじゃから」

しわがれた声でわめいた。

この男が竹林賢一郎とは思えない。けれども部屋にあがりこんだ以上、声をかけておくべきだ。テレビの画面にはゾンビが押し寄せている。

男はコントローラーのボタンをものすごい勢いで連打して銃を撃っていたが、猫が手に嚙《か》みついた弾みでバランスを崩し、ゾンビの大群に襲われた。

You Are Deadと血塗られた文字が画面に浮かびあがった。

「ええくそっ。またやられた」

男はコントローラーを投げだしてヘッドホンをはずした。

「あの――すみません」

おずおずと声をかけたら男は振りかえるなり、うおっ、と叫んで大きくのけぞ

った。幽霊でも見たように目をひん剝《む》いている。

男は予想に反して竹林賢一郎だった。和真はあわてて、文聞社の山野内です、といった。竹林はほっと息を吐いて、

「ああ、びっくりした。ゾンビがきたかと思ったわ」

鼻にずり落ちた老眼鏡のようなメガネを中指で押しあげた。

「勝手にお邪魔してすみません。玄関で声をかけてもお返事がなかったから、もしかして体調が悪いのではないかと――」

竹林は痩せた顔をしかめ、ぼさぼさの長髪を指でかきあげると、

「体調は悪いさ」

「えっ。大丈夫ですか」

「歳《とし》のせいで動体視力が落ちて、ゲームもめっきり下手になった。飛蚊症《ひぶんしょう》で目がちらちらするうえに、こいつが邪魔するもんじゃから」

竹林は茶トラの猫を顎《あご》でしゃくった。まるまると肥った猫は畳に寝転がって、もふもふした腹を見せている。

「かわいい猫ちゃんですね。女の子ですか」

「男じゃ。このでかい図体《ずうたい》見りゃ、わかるじゃろ」

「名前は？」

「ガブ」

「ガブ？　変わった名前ですね」

撫《な》でようとして手を伸ばしたら、猫はいきなり爪をたてて噛みついてきた。驚いて手をひっこめると、猫は丸い目でこっちを見て舌なめずりをした。ほらな、と竹林がいった。

「ガブガブ噛むからじゃ」

「先に聞いておくべきでした」

「まあ座りなさい」

和真が畳に膝をそろえると竹林は立ちあがって、

「ちょっと待っとれ。冷たいものでも持ってこよう」

「いえ、どうぞおかまいなく」

竹林は無視して一階におりた。ガブという猫があとをついていく。

写真で見た竹林はとっつきにくい印象だったが、実物は愛想がいいから安堵《あんど》した。室内を見まわすと、ここは書斎なのか窓際に木製の机があり、旧型のノートパソコンとプリンタが置かれている。しかし書斎にしては本や本棚はなく、テレビと机とちゃぶ台があるだけだ。

部屋の隅にある猫用の食器と水入れとトイレは、ガブが使っているのだろう。壁にエアコンはついているが冷房は入っておらず、開け放った窓の網戸越しに涼しい風が入ってくる。

十五分ほど経って待ちくたびれたころ、竹林は大きなトレイを持ってもどってきた。その上にはヱビスビールの中瓶が二本とグラスがふたつ、つまみの小皿や箸が載っている。和真は目をしばたたいて、

「え、ビールですか」

「大の男が冷たいものっていえば、これじゃろう」

竹林はグラスをこっちに置くと、ビール瓶を差しだした。長歩きをしたから喉は渇いているが、このあと会社にもどるから呑《の》むのはまずい。和真がそれをいうと、竹林は肩をすくめて自分のグラスにビールを注《つ》ぎ、

「下の冷蔵庫に麦茶があるから、適当に飲んで。わしは勝手にやるぞ」

そっけない声でいった。

竹林はごくごく喉を鳴らしてビールを呑み、輪切りにしたボロニアソーセージのようなものを食べると、満足そうに頬をゆるめた。竹林はまたビールをひと口

呑み、刻んだ青ネギをたっぷり載せた冷奴《ひややつこ》に箸を伸ばした。いかにも旨《うま》そうに食べるから生唾が湧いてきた。

きょうの昼食はコンビニのサンドイッチだけだったから腹が減っている。つい物欲しそうな表情になっていたのか、竹林はこっちに小皿を押しだして、

「ビールはだめでも、これは食えるじゃろ」

「はい。では、いただきます」

ボロニアソーセージのようなものはこんがり焼き目がつき、一味唐辛子をまぶしたマヨネーズが添えてある。和真はまず、なにもつけずに齧《かじ》ってみた。

次の瞬間、香ばしい脂がぷつんと弾《はじ》けた。スパムやランチョンミートに似た食感だが、もっと弾力があってほのかに甘く、肉の旨みが凝縮されている。マヨネーズをつけたらコクが増し、一味唐辛子の辛さがあとをひく。

和真はぜんぶたいらげたくなる衝動をこらえて、

「すごく美味《おい》しいです。なんていうソーセージですか」

「それは『雲仙ハム』じゃ」

「いままで聞いたことないです」

「島原産の豚肉を使ったポークソーセージよ。戦前に創業者が白系ロシア人から

教わった製法を改良したらしい。いまも保存料無添加で当時の味を守っておる。長崎では定番じゃが、全国的にはそれほど知られておらんな」

「こんなに美味しいのは、特別な原料を使ってるんでしょうか」

「スパムやランチョンミートは豚の腕肉《ウデ》が原料じゃ。『雲仙ハム』はトロ肉とも呼ばれる頭肉を使って、天然塩で十日間熟成させる。これはフライパンで焼いたが、炭火でじっくり炙《あぶ》るのがいちばん旨い」

和真は、次に刻んだ青ネギを載せた冷奴を食べた。青ネギには香りのよいゴマ油がかけてあり、味つけは塩だ。豆腐といっしょに食べると驚くほど旨い。豆腐はとろけるようにやわらかくて味が濃い。実家で母が作るふつうの冷奴とは、レベルがちがう。

「こんな冷奴、はじめてです。これって青ネギと塩とゴマ油を豆腐にかければいいんですか」

「ただかけても、だめじゃ。まず青ネギと塩とゴマ油を別の器であえる。五分くらい寝かせたら青ネギがしんなりしてくるから、それを豆腐に載せる」

「簡単ですね。こんどやってみよう」

「ふつうの塩とゴマ油でもいいが、こだわればもっと旨くなる。この冷奴は『海《あま》人《びと》の藻塩』、山田製油の『京都山田　金ごま油』、京都の男前豆腐店の『特濃ケンちゃん』を使った」

竹林によれば『海人の藻塩』はホンダワラなどの海藻が原材料で、まろやかな味わいと海藻の旨みがある。『京都山田　金ごま油』は、ゴマのなかでもっとも香りが高い金ゴマを原料に、伝統的な圧搾法で一番絞りだけを使っている。『特濃ケンちゃん』は豆乳とにがりを容器で凝固させて作る充填豆腐で、原材料は甘みが強い北海道産の大豆だという。

「充填豆腐は、木綿や絹ごしのように水にさらさんから大豆の旨みが生きておる。そのぶんエグみも残りがちじゃが、男前豆腐店はわざわざ大豆の皮を剝いて、豆だけで作る。だからエグみはなくて、なめらかな味になる」

「塩もゴマ油も豆腐も、すごいこだわりですね。さっきの『雲仙ハム』も激ウマでしたけど、どこで買ってるんですか」

「スーパーや百貨店で買ったものもあるが、たいていネット通販じゃ」

竹林の蘊蓄《うんちく》を聞いたせいか、冷奴がますます旨くて箸が止まらない。さらに食べ進んだら、急に辛みを感じて鼻がツーンとした。

「うわ、辛っ」

和真は思わず鼻を指でつまんだ。竹林は片頰に笑みを浮かべて、

「カラシじゃ。豆腐のまんなかをスプーンでくり抜いてカラシを入れ、くり抜いた残りで蓋をした」

「豆腐にカラシって珍しいですね」

「石川県は豆腐の薬味にカラシを使う。味のアクセントになるし、酒のアテにいいじゃろ」

「ぼくもそう思いますけど――」

この冷奴といい雲仙ハムといい、酒《さけ》の肴《さかな》にぴったりなものばかり食わされてはビールがほしくてたまらない。とうとう我慢できなくなって、

「すみません。ちょっとだけビールをいただいても――」

「だと思った。はじめから、そういえよ」

竹林は待ちかまえていたようにビール瓶を差しだした。

ビールは、ほんとうに一杯だけのつもりだった。

ところが竹林は『雲仙ハム』を追加で焼き、山形県鶴岡市特産だという枝豆まで持ってきた。ビールも追加で持ってくるから一杯ではおさまらない。あと一杯

だけ、あと一杯だけと思いながら呑むうちに、すっかり酔っぱらった。酔いを醒《さ》まさなければ会社にもどれない。にもかかわらず、さほど緊張感がないのは酔ったせいだろう。

膝を崩して枝豆をつまんでいたら、いつのまにかガブがもどってきて、うにゃあ、と甘えた声で鳴いた。竹林は机の引出しからキャットフードをだして、よしよし、といった。

「腹が減ったんじゃな。カリカリをやろう」

ガブは猫用の食器に盛ったキャットフードをカリカリいわせて食べている。それをぼんやり見つめていたら、ふとわれにかえった。自分はいったいなにをしているのか。竹林に原稿を依頼しなければ、ここへきた意味がない。

和真は膝をそろえて姿勢を正すと、

「先生、実はお願いがあるんですが――」

「先生なんて呼ぶな。先生といわれるほどのバカでなし、というじゃろが」

「そういう意味じゃありません。ぼくにとっては心から尊敬する先生ですから」

「カタカナのセンセイじゃな。それならいい」

「カタカナのセンセイ？」

「呑み屋のおねえちゃんが誰でもシャチョーと呼ぶのと、おなじような意味じゃ」

「でも、それってバカにしてるんじゃ——」

「わしはおだてられるくらいなら、バカにされたほうがましじゃ」

なんともめんどくさいおやじだ。それにしても竹林は以前からこんな喋《しゃべ》りかたなのか。過去に読んだインタビュー記事やエッセイでは、自分のことを「わし」ではなく「わたし」や「ぼく」といっていた。語尾に「じゃ」もつけなかったはずだ。気になってそれを訊いたら、

「あれは、よそゆきの言葉よ。で、お願いとはなんじゃ」

さっそく書きおろしで単行本を書いてほしいと切りだした。『書かずのチクリン』と呼ばれるだけに断るだろうと思ったが、

「いいよ」

竹林は軽い口調でいった。

ありがとうございますっ。和真は声を弾ませて頭をさげると、

「ほんとうにうれしいです。それで、さっそくお原稿についてですが、なにか腹案がおありで——」

「ない。わしはもう隠居しとるんじゃ。小説のことなんか考えんよ」

「で、でも先生からいただいたメールには、このところ仕事が忙しく外出をひかえていると――」

「そのとおり。隠居は遊ぶのが仕事じゃもの」

「隠居って、まだそんなお歳じゃないでしょう」

「歳は関係ない。わしは年寄りになりたいんじゃ」

「どうしてお年寄りになりたいんですか。これからは人生百年時代っていわれてるのに――」

「人生は長さではなく中身じゃ。そんなに生きてなんになる」

「なんにって、老後の人生を楽しむとか――」

「命長ければ恥多し、と『荘子《そうじ》』にある。ひとは長生きするほど、生き恥をさらすはめになる」

「そういう一面もあるかもしれませんけど――」

「おまえさんだって、ぼんやり老後を待ってたら死んじまうぞ。老少不定《ろうしょうふじょう》というように、年寄りより先に若者が死ぬのは珍しくない」

「でも老後の心配をするひとは多いですよね。老後の資金は二千万円以上必要だとかいわれてるし――」

「老後より、いまを心配すべきじゃろう。人間は何歳であろうと、いまこの瞬間がいちばん若い。そのいまを楽しめんのに体が思うように動かなくなったら、なにを楽しむ。誰がオムツを替えてくれるのか心配するひまがあったら、いつ死んでも悔いが残らんよう、やりたいことをやったほうがいい」

「おっしゃることはわかりますけど、みんな歳をとるのは不安ですから」

「老いて死ぬのは、生きとし生けるもののさだめじゃ。昔の年寄りはもうじきあの世へいくひととして、みなに尊敬されておった。しかしいまの時代は死を忌み嫌い、歳をとるのが悪いようにいう。わしは老いを楽しむために、隠居して遊んでおるんじゃ」

「遊んでばかりじゃ、もったいないですよ。ご家族のためにも新作をお書きになったほうが――」

「わしは女房子どももおらん天涯孤独の身じゃ」

「するとご結婚は――」

「何度かしてみたが、どれも長続きせん。わしは自分がやりたいようにしかやらんからの」

「では、こちらからお原稿のご提案をしてもよろしいですか」

「うむ。ただ、わしは晩酌のあと、ひと眠りする習慣なんじゃ。その話はまたにしてくれ」

竹林はあおむけになって目を閉じた。心地よさげな表情に声をかけづらい。カリカリを食べ終えたガブが近づいてくると、ころんと大の字になり、また腹を見せた。くりくりした目をこっちにむけ、前脚のピンクの肉球が手招きするように上下している。

これからどうすべきか考えつつ恐る恐る腹を撫でたら、こんどはおとなしい。と思った瞬間、ガブは目をきらりと光らせると手に爪をたてて嚙みつき、強烈な蹴りを浴びせてきた。

「いたたたっ。ガブちゃんやめて。ガブちゃんやめて」

和真は悲鳴をあげた。うるさいぞ。竹林は寝返りを打って背中をむけた。

竹林の家をでると、外はもう暗くなっていた。

ガブは見送りでもするように尻尾を立ててついてきたが、門をでたところで回れ右してひきかえした。嫌われているのか、好かれているのかわからない。

酔いはまだ冷めていないのに、予定よりだいぶ帰りが遅くなった。ビールの匂いがしないよう、キオスクで買ったフリスクをぼりぼり齧って電車に乗った。

恐る恐る会社にもどると、デスクでノートパソコンにむかっていた橋詰が不機嫌そうな表情で、遅かったね、といった。

「すみません。でも竹林先生から原稿がもらえそうです」

「ふうん。なにを書くって?」

「それはまだ決まってません」

「じゃあ、あてにならんな。あのひとは書きだしても筆は遅いそうだから、あまり期待しないほうがいいよ」

「はい。でも、がんばります」

「それはいいけど、こんなに時間を食っちゃ困るよ。いちいち会って話さなくていいから、原稿は電話かメールで催促して」

売れっ子作家が相手なら経費も時間もふんだんに使えるが、売れていない作家にはどちらも割けない。文聞社のある神田から高尾まで一時間ちょっと、往復で二時間以上かかる。竹林とのやりとりを含めたら、もっと時間を食うから無理もない。

といって電話やメールで催促しても、竹林は書かない気がする。原稿の内容が決まって編集会議で企画を通すまでは、竹林に会って交渉しようと思った。

橋詰と話したあと自分のデスクにもどったら、むかいの席で若槻拓海《わかつきたくみ》がにやついていた。若槻は四つ年上の編集者で、目鼻立ちの整った顔に顎髭《あごひげ》を生やし、いつも有名ブランドのスーツを着こなしている。

「なんで竹林賢一郎なんかに原稿依頼するんだ？」

若槻がにやついたままペン回しをしながら訊いた。

「あんな年寄りに書かせたって売れないよ。キャリアが長いだけで、大きな賞もとってないじゃん」

「そうですけど、竹林先生の小説が好きなんです――」

若槻は、おもに若手作家を担当している。若者をターゲットにしたベストセラーを何冊も手がけているだけに社内の評価は高い。和真も見習おうと思って、若槻が担当している作家の本を何冊か読んだが、あまりに軽い文体と類型的なストーリーについていけなかった。

「自分の好みと仕事はべつだよ」

と若槻がいった。

「いまの若い読者は、キャリアの長い作家より若い作家の小説を読む。あとは魅力的なタイトルとカバーイラストが萌《も》えるかどうかさ」

「そういう小説のタイトルって、やたらと長いですよね」

「うん。おれの担当でいまいちばん売れてるのは『ひきこもりのぼくが転生して異世界の勇者になり、経験値マックスの無敵スキルを手にしたのに、王女の下僕にされた件について』だから、たしかに長い。でも、この業界は売れてなんぼだ。著者の『もきゅもきゅ』先生はまだ二十一歳だけど、印税でタワマン買ったよ」

「売れたにしても、文章があんまりじゃないですか。ガキンガキンガキンとかキュインキュインキュインとか、戦闘の場面で刀がぶつかる音だけを一ページも使うのはどうかと――」

「ちゃっちゃっと読めればいーの。こむずかしい文学的なこと書いたって読者はついてこない」

「べつに高尚なものを求めてるわけじゃないんです。ただ知識が得られるとか心に響くとか、読んだあとになにかが残るような小説を手がけたくて――」

「読後になにも残らない小説でも、売れれば編集者は実績が残るし、作家には金が残る。そもそも売れなきゃ読者もいないから、誰かの心に響くこともない。まあ好きにすれば」

出版もビジネスだから若槻のいうこともわかる。編集者はもちろん、作家はみんな自分の本を売りたいと思っている。けれども本や雑誌の売上は年々減少し、出版業界の市場は縮小している。いくらヒットを狙っても、めったに売れないのが現状だ。せっかく編集者になったのだから、たとえ売れなくても自分が影響を受けた竹林に書いてもらいたかった。

二　センセイと大先生
〈ビールがノンストップの餃子とモヤシ〉

竹林の家をふたたび訪れたのは、翌週の日曜だった。
土日は本来休みだが、平日の勤務時間中に高尾までいくのは橋詰が許してくれないから、プライベートな時間を割くはめになった。もっとも休みの日は掃除や洗濯をすませ、ネット配信の映画を観《み》たり本を読んだりするくらいだから苦にはならない。
彼女がいたらデートでもするが、そういう存在がいたのは大学を卒業するまでだ。当時の彼女とはおたがい積極的でなかったから、社会人になると疎遠になっ

なりたい。

だろう。彼女はほしいけれど、いまはそれよりも一人前に仕事がこなせるようになった。文芸編集部は女性社員がすくなく、みんな先輩だから交際相手にはならない

竹林に都合のいい日時をメールで訊いたら、日曜の五時にきてくれと返信があった。きょうは小説のテーマや方向性を具体的に詰め、いつごろ刊行できそうか探りたい。そう意気ごみながら玄関の前に立った。

「こんにちは。文聞社の山野内です」

引戸を開けて声をかけたが、返事がないから勝手にあがりこんだ。またゲームをしているのかと思いきや、二階にはいない。

一階はまだ見たことがないから緊張する。玄関の左手にトイレと浴室、右手にキッチンがある。ひとり暮らしにしては片づいていて、流し台のシンクや換気扇はぴかぴかだ。冷蔵庫がやけに大きいのは、竹林が料理好きだからだろう。

隣の洋間はカーテンが閉まっていたから照明をつけたが、キッチンと大ちがいで、まったく片づいていなかった。壁際に大きな本棚がいくつもあって、そこにおさまりきらなかった本が天井近くまで積み重なり、あるいはなだれを打って床に散らばり、部屋のまんなかにあるソファ以外は足の踏み場もない。

入社してまもなく橋詰とあいさつにいった売れっ子作家の書斎は膨大な蔵書が図書館のように整然とならんでいたが、ここは地震のあとの古本屋という印象だ。本の種類も雑多で、難解そうな哲学書や宗教書があるかと思えば、書店の十八禁コーナーを思わせる本や雑誌もある。

洋間のむかいは和室で、ここも壁際に本が積みあげられている。障子を開けたら縁側があり、ガラス戸越しに雑草だらけの庭が見えた。

ふと門扉が開く音がして目をやると、浴衣姿の竹林が大きなレジ袋をさげて入ってきたから、急いで玄関にいった。来訪者が住人を出迎えるのは妙な感じだ。

「お帰りなさい、というか、お邪魔してます。お返事がなかったので、また勝手にあがってしまって――」

そういいわけすると、竹林は荒い息を吐きながらレジ袋を上《あ》がり框《がまち》に置いて、

「もう歩き疲れた。これを台所に持ってってくれ」

「買物にいかれてたんですか」

「ああ。ここはスーパーが遠くてかなわん」

上がり框のレジ袋を手にしたとき、なにかが足にぶつかってきた。驚いて転びそうになったが、かろうじて踏みとどまった。いままでどこにいたのか、ガブが

足首に抱きついている。ガブはいたずらっぽい目でこっちを見あげてから、ぷいと横をむいて階段をのぼっていった。

「ガブは、ひとを驚かせるのが好きなんじゃ」

竹林はそういってキッチンに入った。和真はあとをついていき、レジ袋をテーブルに置いた。竹林はレジ袋から袋入りのモヤシをだして、

「きた早々悪いが、ヒゲ根をとるのを手伝ってくれ」

「え？　ヒゲ根って——」

「芽と反対側の茶色くて、ひょろひょろしたところじゃ」

「それはなんとなくわかりますけど——」

「ヒゲ根があると食感が悪い」

「どうやればいいんでしょう。あまり自炊はしないんで」

「ほら、こうやって指でぽきんと折るだけじゃ」

竹林は大きなボウルにモヤシを入れると、一本をつまんでヒゲ根を折り、べつのボウルに放りこんだ。やってみたら簡単だったが、数があるから面倒だ。ひと袋のモヤシのヒゲ根をとるのに、ふたりがかりで七分ほどかかった。

打ちあわせにきたのに、なぜこんなことをさせられるのか疑問だったが、作家

のモチベーションをあげるのも編集者の仕事だから黙っていた。

竹林は湯を沸かした鍋にモヤシを入れると、さっとゆでてザルにあけ、すこし冷ましてからキッチンペーパーで水気をとった。そのあと、さっき使ったボウルを水洗いして布巾で拭き、そこにモヤシを入れた。

次に竹林はボウルのなかのモヤシに塩、コショウ、ゴマ油、鶏《とり》ガラスープの素をすこし振りかけ、菜箸でよく混ぜて、

「よし、あとは餃子《ぎょうざ》じゃ」

「餃子？」

「ん、嫌いなのか」

「いえ、好きですけど――」

竹林は電気ケトルで湯を沸かし、冷蔵庫の冷凍室から餃子のパックをふたつだした。ラベルには『餃子の王国　黒豚生餃子』とある。餃子の王将なら知っているけれど、王国は聞いたことがない。

竹林は大きなフライパンをコンロに載せ、中火で加熱しながら油をひき、粉のついた餃子を手際よく円形にならべていった。餃子が焼ける音がしはじめたころ、電気ケトルの湯をまわしがけしてフライパンに蓋をした。

和真はそのあいだに『純米富士酢《ふじす》』という酢をふたつの小皿に入れ、そこにブラックペッパーをたっぷりかけるよう命じられた。ブラックペッパーはミルに入っていて『スパイスアップ』というブランドのものだった。

ミルをガリガリまわしていたら、竹林はボウルのモヤシをふたつの皿に盛って、すりゴマをかけると、

「これをぜんぶ二階に持っていけ。それから箸とビールとグラスもじゃ」

どうやらまた晩酌につきあわされるようだが、餃子の香ばしい匂いに腹が減ってきた。いわれたものを二階のちゃぶ台に運んでいると、餃子がこんがり焼きあがった。竹林は大皿に盛った餃子を両手で持って、

「熱いうちに食うぞ。急げ急げ」

還暦すぎとは思えない足どりで階段を駆けあがった。

ふたりはビールで乾杯してから箸を手にした。

竹林はブラックペッパーと酢のタレで餃子を食べろという。餃子を小皿のタレにつけて齧ったら、パリッと焼けた皮の食感とともに熱い肉汁と野菜の旨みがほとばしった。酢はまろやかでさっぱりしており、挽《ひ》きたてのブラックペッパーは

香り高くスパイシーで餃子の味をひきたてる。

「めちゃくちゃ旨いですね。『餃子の王国』って、どこで作ってるんですか」

「熊本じゃ。肉は九州産の黒豚、キャベツや玉ネギやニラは熊本産や長崎産などの新鮮な野菜を使っておる」

「美味しいだけあって素材にこだわってますね。これもお取り寄せで？」

「うむ。ネットで買える九州の餃子なら、宮崎の『ぎょうざの丸岡』も旨い」

「このタレがさっぱりしてるから、いくらでも食べられそうです」

「餃子を酢コショウで食べるのは、テレビで話題になったじゃろ。酢醤油《すじょうゆ》のように濃くないから餃子の味がよくわかる。ふつうの酢とコショウでもいいが、もっと旨くしたくてな。『純米富士酢』は京都丹後の山里で、農薬不使用の米と山から湧きでた伏流水だけで作っておる。『スパイスアップ』のブラックペッパーは香りがいいし、ミルが大きいから挽きやすい」

あいかわらず説明が多いが、蘊蓄を聞くとなぜか旨さが増してくる。よく冷えたビールと餃子の相性はいうまでもなく最高で、夢中になって食べていたら、

「そのモヤシのナムルもビールにあうぞ」

「これ、ナムルっていうんですね」

「ナムルは野菜をゆでて作る韓国のあえものじゃ」

モヤシのナムルはシャキッとした歯ごたえで汁に旨みとコクがあり、すりゴマとゴマ油の香りが食欲をそそる。ヒゲ根をとったから舌触りもいい。ただのモヤシがひと手間加えただけで、これほど旨くなるとは驚きだった。

「浜松餃子は、ゆでたモヤシをつけるのが定番じゃ」

「そうなんですね。どうしてモヤシをつけるんだろ」

「モヤシは餃子の脂っこさを中和するからじゃ。しかし酒のアテにするならナムルがいい。きょうはメインが餃子じゃから入れなかったが、すりおろしたニンニクを混ぜたら、ナムルだけでぐいぐい呑める。それに一味唐辛子を足しても
――」

竹林はそういいかけてから不意に立ちあがって階段をおりていき、すぐにもどってきた。手にはスプーンと赤いラベルの瓶詰がある。

それはなにかと訊いたら「舞妓《まいこ》はんひぃ～ひぃ～ラー油」というから、思わず笑った。竹林は瓶の蓋を開けて中身をスプーンですくい、タレのなかに入れた。ラー油は具がたっぷりで真っ赤な色だ。

竹林はラー油を箸でつまんで餃子に載せ、

「こうして食ってみろ」

おなじようにして食べると汗がでるほど辛い。が、辛さのなかにニンニクの旨みが効いていて、さらにビールが進む。これもお取り寄せですか、と訊いたら、

「うむ。京都の『おちゃのこさいさい』というメーカーが作っておる。国産のハバネロ唐辛子を使った具入りラー油じゃ。餃子だけでなく、冷奴や玉子かけごはんに載せても旨い。わしがいちばん好きなのはカレーじゃな」

「カレーにラー油を入れるんですか」

「レトルトカレーでも、これを混ぜるだけで辛みが増して何倍も旨くなる」

いつのまにか窓の外は暗くなった。

網戸から吹きこんでくる風はひんやりして、餃子とビールで火照った体に心地よい。そろそろ本題に入らなければと思ったら、ガブが尻尾をぴんと立てて部屋に入ってきた。ガブはなにかを催促するように、うにゃん、と鳴いた。竹林はカリカリをやろうとしたが、ガブはこれじゃないという表情でそっぽをむいた。

「なんじゃ。ちがうのがいいのか」

ガブはそうだといいたげに、にゃ、と短く鳴いた。ガブは『はごろもフーズ』の『無一物まぐろ』というウエットフードをもらい、うれしそうに食べている。

『無一物まぐろ』は、マグロと天然水と寒天だけで作られているという。

「キャットフードにまでこだわってるんですね」

「こいつは、もと野良のくせに贅沢《ぜいたく》なんじゃ」

「すっかり家猫って感じですけど、野良だったんですね」

「あれは三年前じゃったかな。冬の寒い晩に庭で鳴き声がするから窓を開けた。そしたら、こいつがのっそり入ってきた。それ以来、うちに居ついておる」

「何歳なんでしょう」

「さあな。獣医は五、六歳じゃないかといったが、よくわからん」

竹林はあくびまじりにいって、ごろりと横になった。あくびとこの体勢はやばい。このおやじがまた寝てしまったら、きょうも打ちあわせができずに終わってしまう。和真はちゃぶ台に身を乗りだして、

「ところで先生、先日お願いした書きおろしの件なんですが――」

といいかけたとき、お邪魔しまあす、と階下で声がした。

まもなく階段をあがる足音がして、坊主頭で真っ黒に日焼けした男が大きな紙袋をさげて入ってきた。まだ八月なのに長袖シャツを着て、筋骨たくましい。歳は四十代前半に見える。

竹林は片手をあげて、おう、トラちゃん、といった。

「タイミングが悪いな。もうちょっと早くくりゃあ、餃子があったのに」

「わー、食べたかったなあ」

「せっかくきたんじゃ。ビールでも呑んでいけ」

「いえ、きょうは先生に味見してもらおうと思って、これを持ってきました」

男は白い歯を見せて紙袋から大きなガラス瓶をとりだした。果実酒を漬けるのに使うような蓋が密閉できるガラス瓶に、濃い茶褐色の液体が入っている。

竹林はむっくり起きあがって、

「おお、コーヒー焼酎か」

「はい。自分でいうのもなんですが、けっこう美味しくできたと思います」

「ならアテを作ってこよう。ちょっと待っとれ」

竹林はさっきまで眠そうだったのが嘘《うそ》のように階段を駆けおりた。ガブがとことあとをついていく。男はこっちに会釈して、ひとのよさそうな笑みを浮かべている。和真はとんだ邪魔が入ったと思いながらも、いつもの習慣で男に名刺を差しだした。

「あの、文聞社の山野内と申します。このたび竹林先生の担当をすることになりましてーー」

「出版社のかたですか。若いのにえらいなあ」

男は名刺を受けとると、まんざらお世辞でもなさそうに感嘆した。

男は寅市大輔《とらいちだいすけ》と名乗った。寅市は四十歳で近くのアパートに住んでおり、ふだんは高尾駅そばのスナックでバイトをしている。十年ほど前、その店に竹林がふらりと呑みにきてから親しくなったという。

「ぼくは、そのうち自分で店をやりたいんです。先生は美味しいものにくわしいんで勉強になるし、いつもお世話になってるから、お礼にときどき家事を手伝ってます」

寅市は山登りが趣味で、きょうも朝から高尾山に登っていたといった。真っ黒に日焼けしているのは、そのせいだろう。しかし四十にもなってスナックのバイトだけで生活できるのか。そう思って、ほかにお仕事は？　と訊いた。いくぶん失礼な質問にもかかわらず、寅市はにこにこして、

「いまはバイトだけです。独身なんで、たいしてお金はかかりませんから」

年齢のわりに純朴そうだが、初対面とあって話題に困る。竹林の小説でなにが好きか訊くと、寅市は太い指で坊主頭をかいて、いやあ、と苦笑した。

「実は、ほとんど読んでないんです。先生に失礼だから、ちゃんと読まなきゃと思うんですけど、どうも本は苦手で――」

せっかく共通の話題があったと思ったのに沈黙が訪れた。寅市はあいかわらずにこにこしているが、なんだか落ちつかない。和真は窓の外に目をやって、

「最近は、だいぶ涼しくなりましたね」

愚にもつかないことを口にしたら、できたぞー、と竹林の声がした。寅市と一階におりてキッチンにいき、氷やグラスや小鉢を二階に運んだ。

竹林は小ぶりのおたま――杓子《しゃくし》を手にして、氷を入れたグラスにコーヒー焼酎を注ぎわけた。ロックで呑むのは強すぎるから水割りにしたかったが、

「水で割ったら香りが薄れる。まあ呑んでみろ」

仕事の話はいつできるのかと思いつつグラスを口に運んだら、上質な水出しコーヒーのような味わいにうっとりした。芳醇《ほうじゅん》な香りと濃密なコク、ほどよい苦味と酸味、ロックなのにアルコールの強さはそれほど感じず、マイルドな口あたりがくせになる。和真はたちまち半分ほど呑んで、

「マジ美味しいです。寅市さんがこれを作ったんですか」

「はい。でも作りかたは先生に教わったんです」

「教えるってほどじゃない。誰にでもすぐ作れる」

と竹林がいった。作りかたを訊いたら竹林は続けて、

「まずトラちゃんが持ってきたような密閉できる瓶を用意する。瓶は煮沸消毒してから、コーヒー豆と焼酎を入れる。割合はコーヒー豆十グラムに対して焼酎を百ミリリットルじゃ。豆は好きな種類でいいし、味を濃くしたかったら豆の量を増やす。焼酎も好みのものでいいが、コーヒーの風味を生かしたいなら乙類より甲類じゃな」

「甲類と乙類って、どうちがうんでしょう」

「甲類はアルコール純度を高める連続式蒸留で作った焼酎、無色透明で混じりけのない味じゃ。乙類は原料の風味を生かす単式蒸留、芋焼酎や麦焼酎などがそれにあたる」

「甲類はくせがないからベースにしやすいんですね」

「うむ。焼酎に漬けたコーヒー豆ははじめ浮いてるが、だんだん瓶の底に沈む。一週間ほどで色がついて呑めるようになるから、ときどき味見して好みの味になったところでコーヒー豆をとりだせば完成じゃ」

「これには甲類の『キンミヤ焼酎』を使って、コーヒー豆はブラジルとキリマン

ジャロをブレンドしました」

と寅市がいった。いい取りあわせじゃな、と竹林はうなずいて、

「アテは熱いうちに食えよ」

スプーンが添えられた小鉢には、コーンの粒と刻んだイカのようなものが入っている。居酒屋のコーンバターのような見た目だが、食べてみると旨みが濃くてカレーの味と香りもする。コーヒー焼酎の肴にぴったりで、すぐにグラスが空になり二杯目を呑みはじめた。

「これに使った食材も、お取り寄せですか」

「いや、スーパーで買ったコーン缶とイカの塩辛じゃ」

「イカの塩辛?」

「コーン缶のコーンとイカの塩辛をバターで炒《いた》めて、カレー粉を振った。イカの塩辛は炒めると臭みが飛んで旨みが増す。カレーはコーヒーにあうから、コーヒー焼酎のアテには鉄板じゃ」

竹林がいうとおり旨すぎるせいでグラスがまた空になり、酔いがまわってきた。あしたは出勤だから、もう呑むまいと思うけれど、やめられない。何杯呑んだのか自分でもわからなくなったころ、

「そうだ。ガブちゃんにおみやげを持ってきたんです」

寅市がにこにこしながら、鳥の羽根がついた猫じゃらしを紙袋からとりだした。ガブはいつのまにか二階にもどっていて、毛づくろいをしている。

「ほらガブちゃん、これで遊ぼう」

寅市は猫じゃらしを振ったが、ガブは知らん顔で毛づくろいを続けている。

「あれ、興味ないのかな」

寅市はそうつぶやくと四《よ》つん這《ば》いになり、猫じゃらしを振りながらガブに近づいた。次の瞬間、ガブは寅市に飛びかかり、強烈な猫パンチを顔面に見舞った。

「うわ、ガブちゃんやめて。ぼくが悪かった」

寅市はにこにこしたまま悲鳴をあげたが、ガブは高速で猫パンチを連打する。

「わはは。トラが猫にやられておる」

と竹林が赤い顔で笑った。

和真も釣られて笑ったが、急に眠くなってうとうとした。といって、ここで寝るわけにはいかない。もう帰らなければ。いや、その前に原稿の打ちあわせをしなければ――頭のなかでそう繰りかえすうちに、まぶたが重くなった。

枕元でスマホのアラームが鳴っている。

アラームは二度寝を防止するスヌーズに設定してあるから、それを解除するまで、なんべん止めてもまた鳴りだす。無意識のうちに何回か止めた気がするが、まだ眠い。

スマホを手にして寝ぼけまなこで画面を見たら、もう八時半だった。文芸編集部はなにか理由がない限り、出勤は九時だ。会社は近いから徒歩十分で着くけれど、早く起きないと走るはめになる。

「やばい。やばいやばいやばいやばい」

和真はひとりごちてベッドから這《は》いだした。頭が石のように重く、喉はカラカラだ。冷蔵庫のミネラルウォーターをラッパ飲みすると、大急ぎで顔を洗いヒゲを剃《そ》り歯を磨いた。

いま住んでいるのは、本郷にある築二十年のワンルームマンションだ。六畳の洋室にちっぽけな流し台とガスコンロ、ユニットバスとトイレがある。和真はスーツに着替えてからベッドに腰かけ、すこしのあいだ放心した。

ゆうべはコーヒー焼酎を呑みすぎて眠りこんでしまい、目を覚ますとまもなく終電の時刻だった。竹林は寅市とユーチューブで猫動画を観ており、ガブが前脚を伸ばして画面の猫を触ろうとしていた。

「もう遅いから泊まっていけ」

竹林がそういうのを断って、和真はふらふらと立ちあがり、

「コーヒー焼酎って、めちゃくちゃ酔いますね」

「あんなにがばがば呑むからじゃ。コーヒー焼酎は悪魔の酒といわれとる」

「どうして悪魔の酒と――」

「口あたりがいいのに酔っぱらうせいじゃろ。コーヒーに含まれるカフェインはアッパー系、焼酎のアルコールはダウナー系。アッパー系とダウナー系を同時に摂取するのは、アクセルとブレーキを同時に踏むようなもんじゃ」

「そんなにやばい酒なんですか」

「やばくなんかない。焼酎の水割りだって、呑みすぎればべろべろになる。まずは自分の適量を知ることじゃの」

和真は深々と溜息《ためいき》をついて、

「次回は、ぜひ打ちあわせさせてください」

「おう、やろうやろう」

竹林はまた軽い口調でいって、

「打ちあわせは次から土曜にしよう。おまえさんは少々呑みすぎるから、日曜だと翌朝出勤するのがしんどいじゃろ」

呑ませたのはあんただろ、といいたいのをこらえて家路についた。

竹林の家をでて終電に乗るなり爆睡して、ここに帰ってもすぐ眠ったのに、まだ酒が残っている。まさに悪魔の酒だ。

マンションをでると、競歩でもするような足どりで神田まで歩いた。会社に着いたのは九時ぎりぎりで、編集長の橋詰が咎《とが》めるような目をむけてきた。

午前中は、もうじき刊行する小説の校正紙——ゲラを読んだ。

ゲラを読みながら誤字脱字や文章に不自然な点がないかチェックするが、ぜんぜん頭が働かない。昼前になってようやく二日酔いが治り、朝食を食べていないせいで空腹をおぼえた。

会社から近くて旨い店は、いつも行列ができている。店に入りそびれるとランチ難民になるから、ふだん昼食は出勤前にコンビニで買ってくるか、まずくても空《す》いている店にいく。けれども、きょうは橋詰のお供で作家の奥乃院龍介《おくのいんりゅうすけ》と昼食をとった。

奥乃院は三十代前半でデビューして以来、主要な文学賞を次々に受賞し、六十歳になったいまもベストセラーを連発している。大手出版社がこぞって争奪戦を繰り広げる作家だけに、準大手の文聞社ではいままで一冊もだしていない。

「あの大先生を、ぼくが必死で口説き落として、うちで書いていただくことになったんだ。すごく繊細なかただから、くれぐれも失礼のないようにね」

昼食を予約した銀座の鮨屋《すしや》へむかう途中、橋詰にそういわれて緊張した。

奥乃院はウエットパーマの髪を淡い茶色に染め、色白で彫りの深い顔だちだ。その端整な風貌からマスコミからも引く手あまたで、熱狂的な女性読者が多い。

もっとも和真が読んだ範囲では、どの作品もなぜか女性にモテまくる主人公がふわふわした恋愛をするというストーリーだった。独特な文体や世界観はあるけれど、なぜそんなに売れるのかわからない。

「このたびは先生のご玉稿を賜ることになりまして、編集者冥利につきるしだいでございます」

奥乃院と鮨屋の座敷《ざしき》でむかいあうと、橋詰は殿様の家来のようにひれ伏した。和真はそこまでするかと思いながらも、畳につくほど頭をさげて、

「はじめまして。橋詰の下で働いている山野内和真と申します」

うやうやしく名刺を差しだしたが、奥乃院はろくに見もしないでテーブルに置いた。奥乃院はおもむろに座敷を見まわすと、

「んー、銀座はひさしぶりだな。きのうまで軽井沢だったんでね」

「それはそれは、お疲れのところご足労いただき、誠にありがとうございます」

橋詰は慇懃《いんぎん》に頭をさげてから、こっちをむいて、

「夏のあいだ、先生は避暑で別荘にお住まいなんだ」

いきなり話を振られてとまどったが、なにかいわねばならない。

「軽井沢って、やっぱり涼しいんでしょうね」

なにも思いつかないから小声でくだらないことをいった。奥乃院は無言でこめかみをぴくりとさせて品書きに目をやった。

「んー、なんにしようかな」

「先生、まずはお飲みものを――」

と橋詰がいった。和真はいまの失点をとりかえさねばと焦りつつ、

「よろしければ、ビールやお酒でも――」

そういったとたん、奥乃院のこめかみに青筋が立ち、橋詰の罵声が飛んだ。

「このバカっ。先生はそんなものは召しあがらない」

橋詰は和真を叱りつけてから、また奥乃院にひれ伏して、

「申しわけございません。とんだご無礼をお許しください。山野内はまだ新人なものですから——」

奥乃院は鼻を鳴らして、まあいいさ、といった。

「しかし酒は金と時間を浪費する。酔っぱらったときは楽しくても、正常な判断ができなくなるし泥酔すればひとに迷惑をかける。そのうえアルコール依存症になって健康を損なう。酒を呑むのは人生のむだだ。よくおぼえておきたまえ」

ゆうべコーヒー焼酎で酔っぱらって遅刻しかけただけに、すっかり落ちこんだ。橋詰が取りなして奥乃院は機嫌をなおしたが、せっかくの鮨《すし》は味がしない。

奥乃院は毎朝五時に起床して五キロも走るといって、

「すこしでもタイムを縮めたくて、がんばってる。医者から肉体年齢は四十代なかばだっていわれたよ。自分じゃ三十代のつもりなんだが」

「さすが先生、あいかわらずストイックな生活ですな」

「うん。食事は野菜中心で筋トレも続けてる。作家は体力勝負だからね」

「おっしゃるとおりです」

「不健康な奴《やつ》を見ると虫唾《むしず》が走る。酒なんか呑むのは、わざわざ自分で健康を損なう低脳だ。あんな体に悪いものは法律で禁止できないもんかね」

酒の話が蒸しかえされ、和真はちいさくなってうなだれた。奥乃院はそれからも延々と健康について語ったあげく、シャツを腕まくりして力こぶを誇示した。

「自分でいうのもなんだけど、同年代の作家じゃ、ぼくがいちばん体力があるだろう。ぼくは百歳まで書き続けるのが目標なんだ」


橋詰には帰り道で、さんざんなじられた。

「奥乃院先生はぼくが担当するけど、きみの顔もおぼえてもらおうと思って連れていったんだ。それなのに、あんな失礼なことをいって――。先生が酒をお呑みにならないことくらい、ちゃんと下調べしてこいよ」

がっくり肩を落として会社にもどると、ゲラの続きを読んだり担当作家に頼まれた資料を集めたりしたが、テンションがさがって集中できない。

奥乃院がいうとおり、酒は人生のむだかもしれない。竹林が原稿を書かないのも呑んでばかりいるせいだろう。そんなことを考えていると、先輩編集者の若槻がむかいのデスクで薄ら笑いを浮かべて、

「編集長から聞いたぞ。奥乃院先生との会食でやらかしたんだって？」

「はあ、まあ――」

「奥乃院先生を怒らせたら大変だぞ。大手の版元の編集者だって、ソッコーで飛ばされるって話だ。おまえも気をつけろ」

版元とは出版社のことだ。あ、それからさあ、と若槻は続けて、

「うちの新人文学賞で佳作だった巣籠《すごもり》ひなっておぼえてる？」

文聞社新人文学賞の発表は五月だった。ホテルの会場で授賞式とパーティがあったが、入社したばかりとあって裏方仕事で忙しく、受賞者には軽くあいさつしただけで、ほとんど顔はおぼえていない。若槻にそれをいうと、

「巣籠ひなはおれの担当だけど、佳作になった原稿の枚数がすくないんで、まだ本になってない。新しく書いた原稿は、出来が悪いから書きなおせっていった。そしたら、どう書けばいいのか教えてくれって、しょっちゅうメール送ってくるからマジうざいんだ」

「それは困りますね」

「正直もうデビューは無理かなって思ってるけど、佳作でも賞をやったのはうちだから、むげにはできない。で、おれはいま『もきゅもきゅ』先生の仕事で忙し

いだろ。編集長に相談したら、おまえに担当させろってさ」

「ぼくがですか」

「うん。本人にはおまえが担当になったって、メアドを伝えてある。まあまあかわいい子だから楽しみだろ。おれはタイプじゃないけど。おたがい新人ってことで、がんばってくれ」

おれはタイプじゃないけど、はよけいだろ。

胸のなかでそうつぶやいて仕事を再開したら、早くも巣籠ひなからメールが届いた。文面はていねいだったが「いまからごあいさつにうかがってもよろしいですか」とあるのを見て先が思いやられた。

三　作家の視点って？〈これだけ知ればステーキの旨さ倍増〉

いきなり会社にこられても困るから、巣籠ひなには近いうちに会いましょうと返信した。しかし巣籠は「いつがご都合よろしいですか」とか「誠に勝手ながら、早くお目にかかれればと思います」とか、次々にメールを送ってくる。

若槻がいったとおりマジうざい。とうとう根負けして、三日後にＪＲ神田駅そばのカフェで彼女と待ちあわせした。

若槻からもらった資料によると、巣籠ひなは本名で年齢は二十歳、職業はフリーターとある。文聞社新人文学賞の授賞式で撮られた彼女の写真は、ショートボブの黒髪であどけない丸顔だった。彼女がどんな小説を書くのか知っておくべきだから、文聞社新人文学賞で佳作になった『うつろな箱』を読んだ。

主人公は地方出身の女子大生で、入学を機に上京しアパートでひとり暮らしをしている。彼女は近くのコンビニでバイトをはじめたが、その店は不可解なことが多かった。オーナーや従業員はみな表情が暗く、愛想が悪い。客も横柄な態度の者が多く、しょっちゅうクレームをつけられる。

にもかかわらず店は繁盛している。入口になぜか盛り塩があったが、オーナーや従業員にわけを訊いても教えてくれない。

主人公はある夜、顔見知りになった常連客から、二十年ほど前に起きた忌まわしい事件について聞かされる。このコンビニが建つ前にあった民家で、家族が無理心中をした。民家は亡くなった家族の幽霊がでると噂《うわさ》され、ずっと放置されていたという。怖くなった主人公はバイトを辞めようとするが、それを阻むような怪異に見舞われて——といったあらすじで、要するにホラー小説だ。

コンビニの不気味な雰囲気はリアルに書けている。主人公の心理描写も巧みだが、新人だけに息切れしたのか後半が駆け足になって怖さに欠ける。ホラー小説は最近あまり売れていないようだし、文聞社でも刊行していないから、どうアドバイスしたものか。

橋詰に相談したら、とにかく次の小説を書かせろ、といった。

「それでだめなら、次はない」

「きびしいですね。若槻さんは佳作でも賞をやったのはうちだから、むげにはできないと――」

「むげにはできないから、もういっぺんチャンスをやるんだ。昔の編集者は作家を育てるために二人三脚でがんばったけど、本が売れない時代にそんな余裕はない。自分で成長できない新人は容赦なく切る」

「はあ――」

「それも編集者の役目だよ。竹林さんはもちろん、巣籠ひなにもあまり時間を割かないようにして、これから売れる作家を開拓しなきゃ」

その日の夕方、巣籠ひなと待ちあわせしたカフェにいった。

彼女はこっちの顔を知らないから、目印に文聞社の社名が印刷された封筒を持っていくとメールで伝えた。

約束の時間よりすこし早く店に着いたら、入ってすぐのテーブルにショートボブの小柄な女の子がいた。黒いワンピースを着てぴんと背筋を伸ばし、まっすぐにこっちを見つめている。

和真が会釈して名刺を差しだすと、彼女は弾かれたように立ちあがり、

「はじめまして、巣籠ひなです。よろしくお願いしますっ」

店内に響きわたるような大声でいって、ぺこりと頭をさげた。

客たちの視線が集中するのを感じつつ、むかいに腰をおろした。とたんにひなはテーブルに置いてあった紙の束を押しだして、

「若槻さんからボツにされた原稿です。読んでください」

ここで読めといわれても困る。和真はA４の紙にプリントアウトされた原稿に目を落とした。タイトルは『もう憑《つ》かれた』だから、またホラー小説らしい。

「若槻さんには、どこが悪いっていわれたの」

「ぜんぜん怖くないし、リアリティもないっていわれました。でも、どうすればいいのかわからないんです。若槻さんに訊いても自分で考えなさいって――」

「この小説は、どういうストーリー？」

「短大生の女子が主人公で、就活で応募した会社にぜんぶ落とされるんです。すっかり自信をなくした彼女は、ご利益《りやく》があるっていう神社へ願掛けにいくんです

けど、そこで悪霊に取り憑かれてしまい――」

「だから、こういうタイトルなんだ」

「はい。就活で疲れたのに悪霊にも憑かれたって意味です」

「巣籠さんは怖い話が好きなんだね。『うつろな箱』もそうだったけど」

「ええ。ネットの怖い話はだいたい読んでます」

「作家では誰が好き？」

「あたし、ずっとネットやゲームにはまってて、読書に目覚めたのは短大に入ってからなんです。だからファンになるほど好きな作家がいなくて」

「それで『うつろな箱』を書いたんなら、たいしたもんだよ」

それは本音だったが、うっかりほめたのがまちがいだった。やったあ、めっちゃうれしー。ひなは無邪気に喜んでから、急に真顔で詰め寄ってきた。

「山野内さん、小説の書きかたを教えてください」

「ぼくたち編集者は出版には関わってるけど、作家じゃないからね。作品の感想をいったり、文章のまちがいを見つけたり、資料を集めたりはできても、小説の書きかたは教えられないよ」

「若槻さんにも、そういわれました。でも、もっとうまく書けるようになりたいんです。お願いします」

「まあ焦らないで。どうすればよくなるか、いっしょに考えようよ」

それから飲みものを注文して、しばらく雑談した。

ひなは今年の春に短大を卒業したが、就活に失敗した。いまは両親と実家暮らしでコンビニのバイトをしているという。『うつろな箱』の舞台がコンビニなのや『もう憑かれた』の主人公が就活で失敗するのは、自分の体験を下敷きにしたのだろう。それを指摘すると、

「やっぱばれました?」

ひなはちょろりと舌をだした。

「でも、あたしが書いたのとちがってコンビニのバイトは楽しいし、就活で失敗したのもぜんぜん凹《へこ》んでません。作家になれば就職しないでいいですから」

「そう甘いもんじゃない。ベテランの作家だって専業でやってるのは、ほんのひと握りだよ」

「がんばります。専業になれるまでバイトやりますから」

そう甘いもんじゃないと繰りかえしたかった。橋詰や若槻に聞いたところでは、華々しくデビューした作家でも二作目や三作目が書けず、あるいは売れずに

消えていくのも珍しくないらしい。とはいえ夢を壊すのは気の毒だから黙っていたら、そうだ、とひなは目を輝かせて、

「誰か作家さんを紹介してもらえませんか」

「紹介してどうするの」

「その作家さんに教えてもらうんです。小説の書きかたを」

「作家はみんな自分の仕事で手いっぱいなんだ。カルチャースクールで小説講座でもやってるならともかく、書きかたを教えてくれるひとはいないと思うよ」

「それでもかまいませんから紹介してください。会って話すだけでも勉強になるんで、お願いします。お願いします」

あどけない顔に似あわぬ押しの強さで、ぐいぐいくる。作家を目指すよりも、営業の仕事のほうがむいている気がする。そろそろ会社にもどらねばならないが、ひなはなおも作家を紹介しろとせがむ。和真が担当している作家で気軽に話せるのは、あのおやじしかいない。

「竹林賢一郎先生の本は読んだことある？」

「ないです。作家さんですか」

「うん。『廃屋で拾った日記』っていう本を読んでごらん」

「すぐ読みます。もしかして、その作家さんを紹介してくれるんですか」

「それはわからないけど、土曜に先生のお宅へいくから、そのとき訊いてみる」

「あたし土日はバイト休みです。連れてってくださいっ」

ひなは目をきらきらさせてテーブルに身を乗りだした。


九月に入って残暑はいくぶんやわらいできた。高尾駅の駅舎をでると、草と土の匂いがする風が吹いてきた。あたりに高い建物がないせいか、茜色《あかねいろ》に染まりかけた空が広い。

「うわあ、空気が気持ちいい」

ひなが両手をあげて大きく伸びをした。きょうも黒いワンピースでリュックを背負っている。JR神田駅で合流したとき、なぜ黒ばかり着るのか訊いたら、ホラー作家っぽくしたいからです、と彼女は答えた。

ふたりは山へと続く坂道をのぼり、古びた寺や広大な墓地の前をすぎた。ひなは不気味な雰囲気が好きらしく子どものようにはしゃいで、

「めっちゃいい感じ。こういうとこ住んだら、いいアイデアが浮かぶかも」

ひなとカフェで会ったあと、新人作家が会いたがっているので連れていっても

いいかと竹林にメールしたら「いいよ」といつもの軽い調子で返信があった。

しかし彼女を紹介するのは二の次だ。きょうこそ打ちあわせをして仕事を進めたい。そのためには竹林に勧められても酒はひかえよう。

ひなは歩いているあいだじゅう、小説に関する質問をしてくる。いちいち答えるのが面倒で、生返事をしながら竹林宅に着いた。玄関の引戸を開けたら、肥った茶トラの猫が上がり框にちょこんと座っている。

「あら、かわいい猫ちゃん」

ひなが歓声をあげるとガブはころんと寝転がり、踊るような手つきでこっちを見た。彼女はすかさず腰をかがめて、もふもふした腹に手を伸ばした。

「あぶないよ。その猫はガブっていって――」

そう忠告しかけたが、ガブはおとなしく腹を撫でさせて喉をごろごろいわせた。和真は首をかしげて、おかしいな、とつぶやいた。

「そうやって撫でるとガブガブ嚙むのに」

キッチンから竹林が顔をだして、おう、きたか、といった。ガブはまだひなに腹を撫でられながら喉を鳴らしている。

なんで嚙まないいんでしょう。竹林に訊いたら、ふふんと笑って、

「そいつは女好きなんじゃ」

竹林はまたなにか作っているのか菜箸を手にしている。ひながわれにかえったように直立不動になり、はじめまして、巣籠ひなですっ、と大声をあげた。

「先生の『廃屋で拾った日記』、読みました。すっごく怖かったです」

「そんな話はいい。ところで肉は好きかの」

「はいっ。あたし肉食です」

「ならいい。いま酒のアテを作っとるから二階で待っておれ」

竹林はキッチンにひっこんだ。

きょうも晩酌につきあわされるらしい。二階にあがってから、ひなに呑めるのか訊いたら、超好きです、と答えた。和真は不安になって、

「竹林先生はお酒を勧めてくるけど、呑みすぎないようにね。ぼくがまず先生と打ちあわせをする。きみが先生と話すのは、それが終わってからにして」

ひなはこくりとうなずいた。

ガブは二階についてきて彼女に体をすりつけている。いつもとは、ぜんぜんちがう態度が腹立たしい。ひなはガブの頭を撫でながら、

「本一冊って、何文字くらいあるんですか」

「んー、文庫なら原稿用紙三百枚として十二万字くらいかな」

「文聞社新人文学賞に応募したときもそうだったけど、原稿用紙に換算するのって面倒ですよね。一ページ何文字、合計何万字で書けっていったほうが、わかりやすいのに」

「それは昔の作家が原稿用紙に手書きしてたころの名残《なご》りだよ。でも出版社は文芸誌や雑誌の原稿料を原稿用紙一枚いくらで計算する場合が多い。テキストの量を何枚か計算するには書式設定で二十文字×二十行にするか、原稿用紙モードに変換する機能がついたソフトを使えば簡単だよ」

「こんどから、そうします」

やがて階下から、できたぞー、と竹林の声がした。

ひなとキッチンにいったら、きょうの料理は分厚いステーキだったから驚いた。ひなは目をぱちくりして、

「いきなりステーキって、こういうのですね」

料理や酒を二階に運び、三人はビールのグラスをあわせた。ステーキの皿には輪切りにした玉ネギがついていて、もうひとつの皿にはカプレーゼ――トマトとモッツァレラチーズとバジルが盛ってある。きょうは箸ではなくナイフとフォー

クで、ビールのほかに赤ワインのボトルがある。

ステーキは大好物だから食欲をそそられるが、食べながらでも打ちあわせをしたい。和真はグラスのビールに軽く口をつけて、先生、といった。

「お原稿の件なんですが、次作はどういうストーリーを――」

「ステーキが冷めるじゃろうが。早く食べなさい」

竹林はそういってピンク色の塩を盛った小皿を指さし、

「ステーキは、まずこれにつけて食う。ヒマラヤの岩塩、ピンクソルトじゃ」

ひながぎごちない手つきでナイフとフォークを動かしながら、

「ヒマラヤって、エベレストとかある山脈ですよね。そんな山で、どうして塩がとれるんだろ」

「いまから三億八千年ほど前にユーラシア大陸とインド大陸が地殻変動で衝突したとき、海水が地中に閉じこめられた。その海水がマグマの熱で蒸発し、塩分が結晶したんじゃ」

三億八千年も前の塩だと思ったら、貴重なものに思えてくる。

分厚いステーキは表面にこんがり焼き目がついて、粗挽きのブラックペッパーが振ってある。ナイフで切ると、焼きかげんはミディアムレアだった。ピンクソルトをつけて食べたら、カリッとした歯ごたえとともに濃厚な肉汁がにじみでた。表面は香ばしく焼けているが、内側はやわらかくジューシーだ。ピンクソルトは辛みがすくなくまろやかで、肉本来の旨さが味わえる。

ひなは口をもぐもぐさせながら感極まった表情になって、

「旨い。旨すぎるっ」

グルメマンガの主人公みたいなことをつぶやいた。

「次はこっちをつけてみい」

竹林はもうひとつの小皿を指さした。

小皿にはケチャップを濃くしたような色合いのソースが入っている。ステーキにつけて食べると酸味のあるスパイシーな味わいで、ニンニクがきいている。なんのソースか竹林に訊いたら「ドリームNo．1ステーキソース」と答えた。

「沖縄では『A1ソース』とならんでステーキには定番じゃ」

「あ、それってテレビで観たことあります」

「イギリス王室の専属シェフが作ったソースが原型で、アメリカでも有名になった。『A1ソース』も旨いが、わしは酸味がすくないぶん『ドリームNo．1ステーキソース』が好きじゃ。これは沖縄で有名なステーキレストラン『ジャッキーステーキハウス』と調味料メーカーが共同開発したらしい。ふつうのソースにくらべて果実や野菜を五倍も使っとるから、味が濃厚じゃろ」

「はい。でも、こんなに味が濃いのに不思議と肉とあいます」

「きょうは『ドリームＮｏ．１ステーキソース』に、生のおろしニンニクを混ぜた。このソースはニンニクの味に負けないから、相乗効果で旨みが増す」

次に付けあわせの玉ネギを食べると、バターの香りがして目を見張るほど甘い。竹林によると、ふつうの玉ネギよりも糖度が高い淡路産玉ネギの皮を剝き、輪切りにしたものをレンジで加熱したあと、バターで炒めたという。

「玉ネギは輪切りにすると、食感がやわらかくなって甘みがでる。それをレンジで加熱することで時短になるうえ、甘みもさらに強くなる。仕上げはフライパンに入れ、弱火で焦がさないようバターで炒める」

「たったそれだけで、こんなに美味しくなるんだ」

和真は感嘆して、カプレーゼにナイフとフォークを伸ばした。

カプレーゼはファミレスで何度か食べたことがあるが、これは次元がちがった。トマトは果物のように甘く、バジルはやわらかく香り高い。モッツァレラチーズはとろりとした食感で、フレッシュなミルクの味わいとコクがたまらない。

「こんなに美味しいカプレーゼ、はじめてです」

「あたしもそう思います。ファミレスのしか食べたことないけど、どう作ればこんな味になるんでしょう」

「いい食材を使っただけじゃ。トマトは静岡県産で高糖度フルーツトマトの『アメーラ』、バジルは静岡県産で無農薬栽培のスイートバジル。モッツァレラチーズはイタリアの『フィオルディマーゾ』社製で、水牛のミルクから作られておる」

「乳牛じゃなくて水牛？」

和真が訊いた。竹林はうなずいて、

「乳牛のミルクから作られる一般的なモッツァレラチーズは、モッツァレラ・ディ・ヴァッカという。しかし十八世紀にモッツァレラが誕生した当時は水牛のミルクが原料で、モッツァレラ・ディ・ブッファラと呼ばれておる。つまりモッツァレラチーズの元祖はブッファラじゃ」

モッツァレラとはイタリア語で「ちぎる」という意味で、モッツァレラチーズは文字どおり手でちぎって作られる。なかでもブッファラは希少性が高く、イタリアでも高級品だという。はえー、とひなはつぶやいて、

「すごい。食材にそれほどこだわるなんて」

「塩とオリーブオイルにもこだわっとるぞ。塩はフランスブルターニュ地方の塩田からとれる『ゲランドの塩』、オリーブオイルはイタリアの『アルドイノ　エキストラヴァージン　オリーブオイル　フルクトゥス』。これはイタリアンのシエフなら一度は使うといわれるほど有名で、すっきりしたフルーティな味が特徴じゃ」

カプレーゼを堪能《たんのう》してステーキにもどった。肉の断面の赤からピンクへのグラデーションが美しい。ピンクソルトで食べても『ドリームNo．1ステーキソース』で食べても最高に旨い。ステーキはひとり暮らしをはじめてまもないころ、スーパーで買った肉を焼いて食べたが、パサパサになってまずかった。

竹林にステーキの焼きかたを訊くと、

「ステーキは表面にこんがり焼き目をつけねば旨くない。焼き目がつくことで香ばしくなり旨みも増すが、火を通しすぎると肉汁がでてパサパサになる」

「ぼくがそうでした」

「そのへんで売っとる薄い肉は、なかまですぐ火が通るから、焼くのがむずかしい。ステーキを上手に焼くには分厚い肉を使うのがコツじゃ。きょう使った肉はアメリカ産のブラックアンガス牛のサーロインで厚さが三センチあるが、最低でも二センチ以上はほしい。それを冷蔵庫からだして常温にもどし、牛脂をひいたフライパンで焼く。火かげんは強火じゃ」

「常温にもどすのは、なかまで火を通すためですか」

「うむ。ステーキはレアであっても、なかが冷たいのはまずい。表面はカリッと香ばしく、内側は赤みを残しつつ温かいのが理想じゃ」

「焼く前に塩コショウは？」

「しないな。コショウは焦げて苦みがでるから、焼いたあとでブラックペッパーをかける。塩は焼く前に振ると浸透圧で肉のよけいな水分をだせるが、塩も焦げるし、家庭で作るぶんにはなくても大差ない。ステーキは、なによりも焼きかげんが大事じゃ」

「焼きかげんを見るコツはありますか」

「こうやればいい」

竹林はオッケーのサインのように、左手のひと差し指と親指で輪を作った。続いて右手のひと差し指で親指の付け根を押して、この硬さがレア、といった。

「次に中指と親指で輪を作り、また親指の付け根を押す。これがミディアムレア。薬指がミディアム、小指はウェルダンじゃ。おなじように肉を指で押して硬さを確かめればいい」

和真とひなはさっそくまねをした。たしかに親指の付け根の硬さがちがう。

「焼きかげんは見た目でもわかるぞ。肉の表面に赤い汁が浮いてきたら、もうなかまで火が通っておる。もっとも最近は低温調理も人気じゃから、ステーキの焼きかたも一概にはいえん」

「ステーキって、ただ肉を焼くだけなのに奥が深いんですね」

「そうとも。わしもまだ勉強中じゃ」

竹林はカプレーゼに使ったオリーブオイルが入ったポットを手にして、

「こんどはステーキにこれをかけて、ピンクソルトで食うてみい」

いわれたとおりにしたら、口あたりがまろやかになってコクが増した。草原を思わせるオリーブオイルのさわやかな香りが肉の旨みをひきたてる。

竹林は赤ワインのボトルを開けると、ワイングラスに注ぎわけて、

「ステーキにはフルボディの赤ワインじゃ」

「先生、そろそろ打ちあわせを――」

といいかけたら、フルボディってなんですか。ひながよけいなことを訊いた。

「赤ワインにはライトボディ、ミディアムボディ、フルボディがある。ボディとは味の目安で、簡単にいうとライトボディが口あたりが軽く、ミディアムボディは中くらい、フルボディは濃厚でコクが深い」

「そうなんだあ。赤ワインってブドウの品種がいろいろありますよね。カベルネなんとかとかメルローとか、いろいろあってよくわかりません」

「話せば長くなるから説明は省くが、ステーキにはどっしりした味わいで呑みごたえのあるカベルネソーヴィニヨンがあう。このワインもそうじゃ。ええと名前は――」

竹林はボトルの裏側のラベルに目を凝らして「カッシエロ・デル・ディアブロ・カベルネソーヴィニヨン」と長ったらしい名称を読みあげた。

「これはチリ産で、世界百三十ヵ国以上で呑まれておる。『カッシエロ・デル・ディアブロ』は、スペイン語で『悪魔の蔵』という意味じゃ」

また悪魔ですか。和真は溜息まじりにいった。

「このあいだのコーヒー焼酎も、悪魔の酒って呼ばれてるんですよね」

「うむ。ただ『悪魔の蔵』と呼ばれるようになったきっかけは創業者じゃ。かつてこのワイナリーの蔵では、その美味しさからワインの盗み呑みが絶えなかった。そこで創業者は蔵のなかに悪魔が棲《す》んでいるという噂を流して周囲を恐れさせ、盗み呑みを防いだ」

もう酒はひかえねばと思いつつも、そんなに美味しいのなら呑んでみたくなった。竹林がいったとおり『カッシエロ・デル・ディアブロ』は香り高く重厚な味わいで、ステーキの旨さが倍増した。

ガブは竹林にもらった餌を食べると、ひなのそばにきて大の字になって眠りはじめた。いわゆるヘソ天だ。

ステーキをたいらげたころには、うっかりワインを呑みすぎて頭がぼんやりしてきた。それでも気力を振り絞って、先生、そろそろ打ちあわせを、と声をかけた。しかし竹林は大あくびをして寝転がり、

「あとでな。ちょっとひと眠りする」

ほんとうの悪魔は、このおやじではないのか。

竹林が起きるのをぼんやり待っていたら、まぶたが重くなった。ひなはいつのまにかガブとならんで眠っている。自分だけ起きているのがバカバカしくなって畳に横たわったら、たちまち眠りに落ちた。

どのくらい経ったのか、竹林とひなの話し声で目を覚ました。顔をあげたら、ふたりはもう起きていて、ちゃぶ台をはさんで喋っている。

「それで――若槻さんっていう前の担当からは、ホラー作家を目指すなら筆名を使えっていわれました。巣籠ひなじゃ子どもっぽいから、もっと怖そうな名前にしろって」

竹林はまたワインを呑んでいて機嫌がよさそうだ。

「しかし巣籠ひなとは、珍しい名前じゃの」

「両親はあたしが生まれたとき、鳥の雛《ひな》みたいだったから、ひなにしたって。苗字が巣籠じゃ、ますます鳥っぽくなるのに、あんまりだと思いません？」

「わしは筆名を考えるのがめんどうじゃから本名にしたが、たしかに筆名の効果はある。読者は、その小説のイメージにあった著者名に惹《ひ》かれるからの」

「あたしは自分の名前が好きじゃないけど、本名で書きたいです。あたしの本だって、みんなにわかってもらえるから」

「なら、そうすればいい。ただ筆名とちがって途中で変えられんぞ」

「大丈夫です」

「ふむ。ところで、なぜ作家になりたいと思った？」

「とにかく小説が書きたいからです」

「だったらいいが、作家になった自分を夢見ているのなら、やめたほうがいい」

「どうしてですか」

「作家になったところで誰もちやほやしてくれん。よほど人気があればともかく、収入は不安定でわずかだし、うさんくさい目で見られるのがオチじゃ」

「売れなくてもバイトと兼業でやります。就活してたとき、会社勤めは自分にむいてないって思いましたから」

「なぜ、むいてないと思った？」

「あたしが面接受けた会社が悪かったのかもしれないけど、どの会社も冴《さ》えない雰囲気で、面接官は超上から目線でした」

　和真はそこで起きあがって、うちも圧迫面接だったよ、といって、

「でも大手はぜんぶ落とされたから、この業界に入れただけでうれしかった」

「あたしがだめだったのは、目指す業界が漠然としてたからです。とりあえず就職できればいいやって感じで。なのに書類選考で落とされるから、めっちゃ焦りました。たまに面接受けられたら舞いあがって、がんばります、なんでもやります、って押しまくって」

「巣籠さんは押しが強いもんね」

「でも下手にですぎたせいで、彼氏いるの？　とか、いままで何人とつきあった？　とか面接官が訊いてくるんです」

「それってセクハラじゃん」

「採用されたい一心で我慢しました。なかには呑みに誘ってくる面接官もいて、それはさすがに断ったけど、もううんざり。それでも就活続けたのに何十社も落とされて、ふと思ったんです」

「なにを思ったの」

「あたしは、将来どうしたいんだろうって。うちは父がサラリーマンで中間管理職だけど、どれだけ会社勤めをしても父みたいにはなれないし、なりたくもない。両親はずっと勤めなくていいから、早く結婚しろっていう。でも寿退社で専業主婦なんて昔の話でしょう。あたしはそれも無理だと思うし」

「共働きすればいいんじゃないの」

「就活みたいに漠然と結婚したくないんです。ほんとに好きなひとができたらべつですけど。じゃあ、いまはなにがやりたいのかって考えたら、もっと本が読みたいし、自分でも書いてみたいと思ったんです。だから短大にいるうちから小説を書きはじめて、文聞社新人文学賞に応募したんです」

「それで賞をもらって、ますますやる気になった？」

「賞っていっても佳作ですから。でも作家になれるかどうかはべつにして、やれるところまでやってみようって決心しました」

「ふむ。そういう覚悟があるなら、根気よく書き続けろ」

「その書きかたがわからないんです。竹林先生、教えてください」

「まあ、あわてるな。文章は書き慣れれば、誰でも上達する。しかし大切なのは、ものの見かたや考えかたじゃ。それが身につかないうちに焦って書いても、いいものはできん」

「ものの見かたや考えかた？」

「作家は独自の視点を持たねばならん。一般人とおなじ視点では、おもしろいものが書けるはずがない。その作家ならではの、ものの見かたや考えかたがあるから小説が活《い》きてくる」

「それを持つには、どうすればいいんでしょう」

「ひとの何十倍何百倍も本を読む。さらにさまざまな経験を積んで、自分の引出しを増やすんじゃ」

「さまざまな経験って――」

「おまえさんは、まだはたちじゃろう。思いきり遊べ。たくさん恋愛して、たくさん呑み食いして、いろいろな世界を見てくるんじゃ」

「呑み食いは大好きですけど、恋愛はどうかな」

「恋愛はおたがいの本のページをめくるようなものじゃ。はじめはおもしろくて盛りあがっても、たいていは中盤から後半にかけて尻すぼみになる。もっと読みたいと思える本はめったにない」

「ってことは、まだ読み終わらないのに別れちゃうんですか」

「世間には、そういう恋人や夫婦が多いじゃろう。結末が見えているような本はページをめくる意欲が失《う》せてしまう。そうなるのが嫌なら、小説とおなじように相手を飽きさせないよう工夫せんとな」

「彼氏ができても、途中で読みたくなくなったら、どうしよう」

「くだらない本を最後まで読んだってしょうがない。さっさと放りだして、次の本を読んだほうがいい」

「そっか。そうですよね」

ひなはけらけらと笑った。竹林は口元をゆるめてワイングラスにワインを注ぎ

足《た》した。そういえば、と和真はいって、

「このあいだ編集長といっしょに奥乃院龍介先生に会ったんですけど、奥乃院先生は酒を呑むのは人生のむだだといわれました」

「たしかにむだじゃが、むだなものから情緒や文化や芸術が生まれる。すべての芸術はそれに興味を持たない者にとって、なんの価値もない。もし、すべての芸術がなくなっても食うには困らんじゃろ」

「まあ、そうですね」

「経済的な効率や利便性だけを考えれば、すべての芸術はむだじゃ。しかし芸術がない世界は、独裁国家のように無味乾燥で殺伐とする。ゆえにむだであっても、ひとは芸術を求める」

「小説も本を読まないひとにとっては、むだですよね」

とひながいった。そのとおり、と竹林はいって、

「むだをいっさい省いたところで、ひとはみな生まれて食うて寝て老いて死ぬ。それだけのことよ。だから人生は、むだを楽しむんじゃ。がんばるもよし、のんびりするもよし」

「奥乃院先生はすごくストイックで、毎朝五キロも走ってるそうです。すこしで

もタイムを縮めたいって」

「それこそ、むだの極みじゃな」

「どうしてですか」

「用もないのに走るのは人間だけよ。たとえば、こいつは食うて寝てばかりじゃが――」

　竹林はまだヘソ天で寝ているガブを顎でしゃくって、

「本気で走ればウサイン・ボルトより速い」

「まさか」

「ボルトの最高記録を時速に換算すると平均三十七キロ、トップスピードでも四十五キロ。それに対して猫が走るスピードは時速四十八キロじゃ。といって猫はなんのトレーニングもせん。動物の運動能力はＤＮＡで決まる。サラブレッドは牧草ばかり食っとるのに二歳で体重四百キロを超え、時速七十キロで走る」

「動物はべつにして、健康のためには走ったほうがいいんじゃ――」

「江戸時代の文献を見る限り、飛脚や駕籠《かご》かきは短命だったようじゃ」

「それは時代がちがうし、栄養条件が悪かったとか」

「ジョギング健康法の創始者でジョギングの神様と呼ばれたジム・フィックス

は、五十二歳の若さでジョギング中に死んだ。死因は心臓発作じゃ」

「うーん。それはなんとも――」

「健康のために、やりたいことを我慢するのは不健康。真の健康とは、好きなように生きることじゃ」

「奥乃院先生とは正反対の考えかたですね」

「わしは自分の考えをひとに押しつけようと思わん。奥乃院くんは、わしよりはるかに才能があるし、走るのが好きならそれでよかろう」

「はるかに才能があるって――おなじ世代の作家として、あっさり認めるのは悔しくないいんですか」

「悔しくない。わしは自分を他人とくらべんからの」

「自分を他人をくらべないとは？」

「自分はどうやったって他人にはなれん。それなのに他人をうらやんだり妬《ねた》んだりするのは愚の骨頂。金魚が水槽からでようとするようなもんじゃ」

「あたしも学生のころ、自分を他人とくらべて凹んでました」

とひながいった。

「めっちゃ美人に生まれたかったとか、両親がお金持ちならよかったとか――でも、そんなの気にしたって、どうしようもないですよね」

「こんなひとになりたいというあこがれは自分を成長させる。しかし妬み嫉《そね》みは自分を不幸にするだけじゃ」

他人に優越感を持つのはどうですか、と和真は訊いた。

「奥乃院先生は同年代の作家じゃ、ぼくがいちばん体力があるだろうといってましたけど――」

「優越感は自分を他人とくらべることによって生じる。つまり優越感は劣等感の裏返しよ。奥乃院なんて名乗っておるが、あいつの本名は草井《くさい》凡太《ぼんた》じゃ」

ひひひひひ、と竹林は目尻に皺を寄せて笑った。ひなは吹きだして、

「あちゃー、そんな本名じゃ筆名にするしかないかも」

ようやく打ちあわせができそうだと思って腕時計を見たら、いつのまにか終電の時刻が迫っていた。和真は溜息をつくと、ひなをうながして立ちあがり、

「もう帰らなきゃ。竹林先生、次は必ず打ちあわせをお願いします」

「あたしもついてきていいですか」

ひなが口をはさんだ。和真が答える前に竹林はうなずいて、

「もちろん。腹を空かせておいで」

四 無料で読める名作短編〈昭和なスナックの激ウマおつまみ〉

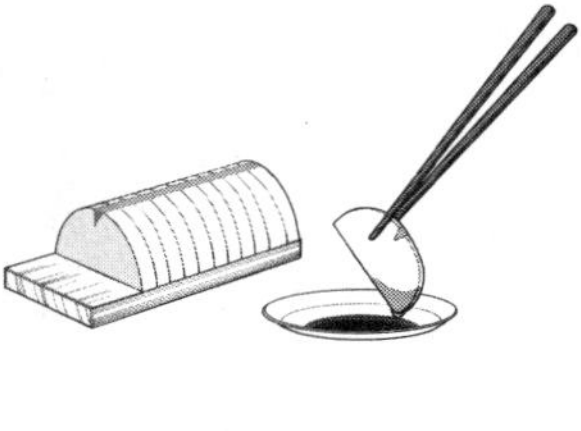

九月下旬のその日、ＪＲ神田駅でひなと待ちあわせた。

彼女に会うのは前に竹林宅を訪れて以来、三週間ぶりだ。このところ仕事が忙しくて土曜も出勤したせいで、竹林と打ちあわせができなかった。ふつうの作家なら電話やメールで打ちあわせできるが、竹林は『書かずのチクリン』と呼ばれるくらいだから直接会わないと埒《らち》があかない。

ひなはいい相談相手ができたせいか、次はいつ竹林宅へいくのか、しきりに訊いてくる。彼女を連れていくと横から口をはさむから、打ちあわせの邪魔になりかねない。けれども竹林は歓迎しているようだし、高尾までの行き帰りをひとりですごすのも退屈だ。

　ひなはきょうも黒ずくめの格好でやってきた。また竹林の話を聞きたいとはしゃいでいるが、目的はほかにもあるらしく、

「楽しみだなあ。竹林先生、きょうはなに作ってくれるんだろ」

「勘ちがいしちゃだめだよ。食事が目当てじゃないんだから」

「もちろんそうですけど、腹を空かせておいでっていわれたから」

　ふたりはＪＲ中央線の特別快速に乗って高尾へむかった。

　土曜の夕方なのに車内は混んでいてシートは満員だ。吊革《つりかわ》を握ってひなとならんでいると、彼女は編集者がどんな仕事をするのか訊いた。

「いまいちわからないんです。若槻さんはぜんぜん教えてくれなかったから」

「小説の編集者は、まず担当してる作家に小説を依頼する。作家は上司から割りふられるか、自分から手をあげて担当する。竹林先生は、ぼくが担当したいと編集長にお願いした」

　小説を依頼するにあたっては長編か短編か、連載か書きおろしか、単行本か文庫本かといったことをはじめ、小説のテーマや内容について作家と話しあう。

「テーマや内容は編集者が提案するんですか」

「それもあるし、作家がこういうのが書きたいという場合もある。方向性が決まったら、企画書を書いて編集会議に提出する。企画が通れば締切《しめきり》や刊行のスケジュールをたてて、作家に執筆をはじめてもらう」

「作家が原稿を書いてるあいだは？」

「進行状況を確認しつつ、その小説に必要な資料を集めたり調べものをしたりする。原稿ができあがったら、それをじっくり読んで感想を述べ、気になった点を指摘する。でも、これがけっこう大変でね。いい作品ならともかく、できがよくない作品だと――」

「あたしみたいにボツにされる」

「ボツにならなくても書きなおしてもらうから、作家によっては気を悪くする。ぼくみたいな新人の編集者だと特にね。ぼくも自分の判断に自信がないから、編集長や先輩たちに読んでもらって、どう書きなおしたらいいか意見を聞く」

「それで、ちゃんと書きなおせたら？」

「入稿だね。外注先の印刷会社に原稿を渡して、初校のゲラをだしてもらう」

「ゲラって、本のレイアウトにあわせて文章を印刷したものですよね」

「うん。校正紙とも呼ぶけど、要するに試し刷り。編集者はゲラを読んで誤字脱字や文章をチェックする校正作業をおこなう。さらに校閲さんがもっと細かいところ――まちがった情報やストーリーの矛盾点、不当な表現がないか調べてゲラに書きこむ。いわゆるアカ入れだね」

「小説はフィクションだから、まちがった情報でも許されるんじゃ――」

「その情報が意図的で、小説の質を高めるものならね。でもストーリーとは無関係にまちがった情報があるのはだめさ。たとえば警察小説で刑事がばんばん拳銃を撃つとか、交番勤務の警官が他県に出張して捜査をするなんてありえない」

「じゃあ校閲するには、なんでも知っておかなきゃだめですね」

「うん。だから校閲はベテランのひとが多い。校正と校閲が終わったら、ゲラを作家に渡して気になる点をアカ入れしたり、問題点を訂正したりしてもらう。そのあとゲラを印刷会社にもどして再校をだす。再校っていうのは二度目のゲラで、また出版社と作家とで確認作業をする。それがすんだら校了で、編集者は再校をまた印刷会社にもどし、製本用の原稿が完成する」

「本のデザインや帯なんかは――」

「本のデザインは装丁っていうけど、ゲラと並行して考える。デザイナーは誰に依頼するのかからはじまって、カバーを写真にするかイラストにするか、作家の希望も聞きながら進める」

「写真とイラストはどうするんですか」

「写真の場合はカメラマンに撮ってもらうか、ストックフォトっていう商用利用ができる既存の写真を借りる。イラストの場合はイラストレーターに外注する。帯のコピー——宣伝文句は編集者が考えることが多い。だけど、ぼくはまだうまく書けないいな」

「それで本ができあがったら、一件落着ですか」

「まだまだ。刊行前から販促のプロモーションを練っておかなきゃ。作家のサイン会や取材のセッティングをしたり、書店に置くPOPを作ったり、作家といっしょに書店まわりをしたり。作家との打ちあわせや接待もあるけど、忙しい時期に重なったら、深夜でも会社にもどってまた仕事」

「編集者って忙しいんですね」

「とにかく活字漬けの生活さ。賞に応募してきた作品の下読みがあるし、有望な新人作家や話題の本にも目を通すから、一日じゅうなにか読んでる」

「あたしも、もっと本読まなきゃ。竹林先生にもそういわれたし」

高尾駅で電車をおりて竹林宅に着くと、いつものように玄関の引戸は開いていた。ごめんください、と声をかけて玄関に入ったら、どこからかガブが飛びだしてきて、ひなに体をすりつけた。ガブちゃん、と呼んだが見向きもしない。

二階にあがると、ガブはひなのあとをついてきた。やはり女好きの猫だ。

竹林はジャージ姿で畳にあぐらをかき、ユーチューブの動画を観ていた。きょうも晩酌につきあわされると思っていたのに料理を作る様子はない。ふたりは畳に腰をおろした。

ひなはリュックから『チャオ　ちゅ〜る』をだして、

「これ、ガブちゃんにおみやげ」

ガブは喉をごろごろいわせて『チャオ　ちゅ〜る』をむさぼり食った。テレビの画面では、強面《こわもて》の中年男が包丁を刀のように振りまわして、

「それでは『爆笑！　男の超絶クッキング』、続きをやってみたいと思います」

ドスのきいた声でいった。自分で爆笑っていうなよと内心でツッコミつつ、

「料理の参考にするんですか」

これはならんな、と竹林はいってテレビの電源を落とし、

「それにしてもユーチューバーっていうのは、なになにしてみたいと思います、とか、どこどこへいってみようと思います、とか、なぜなんでも『思います』をつけるんじゃ」

「変なことが気になるんですね」

「思いますなんてつけないで、なになにします、どこどこへいってみます、でいいじゃろう。効果音も『イェーイ！』とか『オウ！』とか『ドドン！』とか似たようなのばかりでうっとうしい」

あいかわらず、めんどくさい性格だ。竹林先生、とひながいって、

「あれからホラー小説を十冊くらい読みました。でも、そんなに怖くなくて――」

「誰の小説を読んだ？」

ひなはいま話題の作家を何人かあげたが、竹林は首をかしげて、

「最近の作家は知らんな」

「あ、すみません。先生のほかの本もぜんぶ読みます」

「わしの本は参考にならん。ホラーは一冊しか書いておらんしな。怖い小説なら、まず歴史に残る名作を読むべきじゃ」

「なにを読んだらいいか教えてください」

ふむ、と竹林はいって窓際の机にあるノートパソコンでなにか検索をはじめた。十五分ほど経って竹林はＡ４の紙をプリントアウトしてひなに渡し、

「出版業界をうるおすためには本を買うべきじゃが、おまえさんは小遣いもすくなかろう。『青空文庫』で読める名作をリストアップしたから、読んでみなさい」

「はい。ありがとうございます」

『青空文庫』とは著作権が切れた小説をボランティアが公開しているネット上の図書館だ。パソコンだけでなく、スマホのアプリでも読める。リストを覗《のぞ》いてみると、作家名とタイトルがずらりとならんでいた。

小泉八雲『茶碗《ちゃわん》の中』『葬られたる秘密』『耳無芳一《ほういち》の話』『幽霊滝の伝説』

夏目《なつめ》漱石《そうせき》『夢十夜』『永日小品』

岡本《おかもと》綺堂《きどう》『影を踏まれた女』『青蛙《せいあ》堂鬼《どうき》談《だん》』『指輪一つ』

岡本かの子『家霊《かれい》』

小川未明《みめい》『金の輪』『大きなかに』『赤いろうそくと人魚』

森鷗外《もりおうがい》『牛鍋』『心中』『鼠坂《ねずみざか》』『百物語』

江戸川乱歩『押絵と旅する男』『鏡地獄』『人間椅子』
長谷川伸『幽霊を見る人を見る』
田中貢太郎『竈《かまど》の中の顔』
菊池寛『忠直卿《ただなおきょう》行状記』『三浦右衛門《うえもん》の最後』
渡辺温《わたなべおん》『可哀相《かわいそう》な姉』
橘《たちばな》　外男《そとお》『蒲団《ふとん》』
中島敦《なかじまあつし》『牛人《ぎゅうじん》』『文字禍《か》』『名人伝』
幸田露伴『幻談』『観画談』
坂口安吾《さかぐちあんご》『桜の森の満開の下』
久生十蘭《ひさおじゅうらん》『昆虫図』『予言』
葉山嘉樹《はやまよしき》『セメント樽《だる》の中の手紙』
柳田国男《やなぎたくにお》『山の人生』
山川方夫《まさお》『夏の葬列』
夢野久作《きゅうさく》『押絵の奇蹟《きせき》』『死後の恋』『瓶詰地獄』

読んだことないのばかり、とひながいった。

「読んだことあるのは、小泉八雲の『耳無芳一の話』だけです」

「小泉八雲——ラフカディオ・ハーンは『青柳のはなし』や『安芸之介《あきのすけ》の夢』のように、まだ青空文庫に載ってないものもある。内田百閒《ひやつけん》は岡本綺堂とならぶ怪談の名手じゃが、まだ著作権が切れておらん」

「それは買って読みます」

「ならば『冥途』や『サラサーテの盤』を読むといい」

ひなはそれをスマホのメモアプリに入力して、

「ありがとうございます。読むのがめっちゃ楽しみです」

「ほとんど短編じゃから、すぐ読める。このリストにあげたのは必ずしもホラー小説ではない。超自然的な怖さを描いたものもあるが、人間の怖さや醜さ、後味の悪い話や不条理な話もある。いずれにせよ、ホラー作家を目指すのは簡単ではないぞ」

「ほかの小説を書くほうが、やさしいってことですか」

「うむ。読者を怖がらせるには高度な技術が必要じゃ。三島由紀夫《みしまゆきお》は『作家論』の内田百閒の解説のなかで、イギリスの詩人で文芸評論家のアーサー・シモンズ、門弟三千人と謳《うた》われた作家、佐藤春夫の言葉を引用しておる。それによるとアーサー・シモンズは『文学でもっとも容易な技術は、読者に涙を流させることと、猥褻《わいせつ》感を起させることである』と書き、佐藤春夫は『文学の極意は怪談である』と語ったという」

「ってことは、つまり――」

「怖い小説がいちばんむずかしいということじゃ。怖い小説が書ければ、ほかの小説も書ける。そのリストをぜんぶ読むのが当面の課題じゃな」

「はい。ちゃんと読みます」

和真も読んだことのない小説がたくさんあるから、リストをスマホで撮影した。ひとつ質問があるんです、とひながいって、

「純文学とエンターテインメントって、本を読んでるとよく見かけるけど、どうちがうんですか」

「純文学は私小説《ししようせつ》――わたくし小説ともいわれるが、作家自身の考えや経験をもとにしたものが多い。むろん小説じゃから事実のみ書くわけではなく、創作も含まれる。純文学は娯楽性よりも芸術性を追求する傾向にある」

「エンターテインメントは？」

「純文学にくらべて、より多くの読者を対象にした娯楽性の高い小説じゃ。昔は

大衆小説とか通俗小説とか娯楽小説と呼ばれておった」

「ミステリー、ＳＦ、時代小説、ファンタジー、恋愛小説なんかもエンターテインメント。巣籠さんが書きたいホラー小説もそうだよ。ついでにいうと純文学の大きな賞は『芥川賞《あくたがわ》』、エンターテインメントでは『直木賞《なおき》』になる」

　と和真が口をはさんだ。竹林は続けて、

「小説のジャンルわけはいろいろあるが、あまり気にせんでいい。極端にいえば、すぐれた小説と、そうでない小説があるだけじゃ」

　ひなはまだ話したそうだが、そろそろ打ちあわせをしたい。竹林にそう切りだしたら、それじゃ場所を変えてやろう、といった。

「え？　どこへいくんですか」

「すぐ近くじゃ。その前にちょっと着替えてくる」

　竹林は一階でジャケットとチノパンに着替え、さあいくぞ、といった。

　ガブは留守番をいいつけられて不服そうだったが、竹林に『ロイヤルカナン』というウエットフードをもらうと、むしゃむしゃ食べはじめた。

　竹林は高尾駅のほうへ歩き、駅のそばにある古びた店の前で足を止めた。

入口に色褪《いろあ》せた赤いテントがあって壁は細かいタイル貼り、紫色の看板に黄色い文字で『なしかちゃ』と意味不明な店名がある。

和真は昔の映画で観たような昭和レトロな雰囲気にとまどいつつ、

「こんなに早くから営業してるんですか」

「ここの客は年寄りが多い。年寄りは明るいうちから呑むもんじゃ」

竹林がドアを開け、三人は店に入った。

店内は薄暗く、昭和の歌謡曲が流れている。六人掛けのカウンターと四人掛けのボックス席だけのせまい店で、客はいない。カウンターの椅子とボックス席のソファは、毒々しく赤いビロードだ。

奥の厨房《ちゅうぼう》から真っ黒に日焼けした坊主頭の男がでてきて、

「いらっしゃいませ」

笑顔で頭をさげた。前に竹林宅で会った寅市大輔だ。寅市はスナックでバイトをしているといったが、この店がそうなのだろう。竹林はカウンターの椅子にかけ、和真とひなは横にならんだ。

洋酒や焼酎のボトルがならぶ棚に、なぜかコケシやダルマやキューピー人形、東京タワーの金色の模型やビクター犬の置物などが置いてある。壁には名も知れぬ演歌歌手のポスター、大昔の芸能人のサイン、力士の手形、客が撮ったらしい色褪せたポラロイド写真がびっしり貼ってある。

「わあ、めっちゃレトロな感じ。こういう店大好き」

とひながいった。寅市がトレイに載せたおしぼりを三人に差しだして、

「もうすぐママがきますから」

「うん。トラちゃん、ビールをおくれ」

竹林はメガネをはずし、おしぼりで顔を拭いている。このおやじは呑む気満々だが、ママとやらがくる前に打ちあわせをしたほうがいい。和真が次作のテーマについて訊いたら、わからん、と竹林はいった。

「わしはもう隠居しとるからの。特に書きたいものはない」

「それでは、こちらから提案させていただきます」

「うむ。書けるかどうかはわからんが」

頼りない返事にいらつきつつ、自分が感動した『夜の音を聞け』のような小説を書いてほしいといった。竹林は肩をすくめて、

「おなじようなものを書くのは芸がないな。それに、あれはたいして売れなかった。どうせ書くなら、ぱーっと売れる本がいい。おまえさんが考えてくれ」

いきなりこっちに話を振ってきた。ぱーっと売れる本なんて簡単に思いつくはずがない。寅市は瓶ビールの栓を抜いて三人のグラスに注ぐと、菓子の入った小皿をカウンターに置いて、

「いまお酒のアテを作ってますから、これをつまんでてください」

菓子は細長いスティック状で、海苔《のり》を巻いたものが一本ずつ透明な袋に入っている。竹林はビールをあおってから菓子をつまんでポリポリ齧り、

「これは『風雅巻き』といって熊本のメーカーが作っておる。海苔は有明《ありあけ》海産の若摘みの焼海苔、中身の豆は大豆、カシューナッツ、ピーナッツ、ピスタチオ、そら豆、アーモンドといろいろあるし、味つけも醬油や塩やわさびなど種類が豊富じゃ。旨いから食うてみい」

和真は袋に醬油大豆と書いたものを食べてみた。海苔はパリッとした歯応えがあり、なかの大豆は煎りたてのように香ばしい。

ひなは塩カシューナッツを食べて、めっちゃ美味しー、とつぶやいた。『風雅巻き』はほかの種類もぜんぶ旨くて、またビールが進んでしまう。

酔っぱらう前に竹林との話を進めたいが、どんな小説を提案すればいいのか。竹林はおなじようなものを書くのも芸がないといったから、新たなジャンルに挑

みたいのかもしれない。

経済小説、SF、時代小説、ファンタジー、恋愛小説といった竹林が書いたことのないジャンルを思い浮かべていたら、ドアが開いてチリチリパーマで厚化粧の女が入ってきた。歳は五十代後半くらいで顔だちは整っているが、丸々と肥って豹柄《ひょうがら》のワンピースがはちきれそうだ。

「あら先生、きちょったんかね」

女は笑顔で大根のような腕を振りあげ、竹林の背中をばしんと叩《たた》いた。竹林はつんのめった弾みでビールにむせながら、

「おう、ママ。ひさしぶりじゃの」

「パパがご無沙汰しとるけ、さびしかったんよぅ。浮気しようかと思うた」

ひなと顔を見あわせたら竹林がうろたえた表情で、ちがうちがう、といった。

「ママとはそういう関係じゃない」

「あらあ、なん照れとうと。恥ずかしがる歳やなかろうもん」

ママと呼ばれた女は、がははは、と豪快に笑ってカウンターのなかに入った。

竹林が和真とひなを紹介すると、ママはタバコに火をつけて、

「ふうん。編集者と作家ね。ええカップルやないの」

「いや、カップルじゃないです」

こんどは和真があわてる番だ。ひなも続いて、

「あたしはまだ作家じゃないです。なれたらいいなと思ってるだけで」

「まあ、なんでもよか。若いんやけ、がんばり」

ママはいいかげんなことをいって、角が丸くてちいさな名刺を差しだした。それには富島松子《とみしままつこ》とある。竹林によると彼女は北九州小倉《こくら》の出身で、結婚して上京したが、夫に先立たれてこの店をはじめたという。

ママはタバコの煙を煙突みたいに吐きだして、

「旦那が高尾のひとやったけね。もう三十年も前の話よ」

「北九州に帰りたいとは思わなかったんですか」

とひなが訊いた。

「東京には、あたしに惚《ほ》れとう男がようけおるけん。帰りたいでも帰られんちゃ」

ママはそう答えて、ね、先生、と笑った。竹林はまたビールにむせて、

「わしにいちいち振らんでいい」

和真は店名の意味が気になってママに訊いた。

「北九州弁よ。『なしかちゃ』は『なにがいいたいのか』ちゅう意味。『なしか』と『なんか』でもおなじ意味やけど、北九州のもんは、なんでも『ちゃ』をつけると。『好きっちゃ』とか『そうっちゃ』とか」

ふと厨房から寅市がでてきて、厚切りの玉子焼が載った皿をカウンターに置いた。玉子焼の断面から赤いタラコが覗いている。これ、ぜったい旨いやつじゃん。ひながどこかで聞いたような台詞《せりふ》を口にして、

「タラコを玉子焼で巻いたんですね」

「タラコじゃなくて辛子明太子《めんたいこ》です。ママに聞いた話だと、博多《はかた》の屋台じゃ『めんたま』って呼ばれてるそうです。それに刻んだニラを混ぜて焼きました」

と寅市がいった。うちは北九州やけんね、とママがいって、

「博多のとちごうて、もっとパンチがあるばい」

まだ湯気が立っている玉子焼をひと口食べると、玉子の甘みとニラの風味が口のなかに広がった。辛子明太子はしっとりした半生でプチプチした食感だ。と思ったとたん、強烈な辛さが押し寄せてきて、思わずビールのグラスをあおった。

ひなも隣で、辛いっ、と叫んだ。

がはは、とママが大きな体をのけぞらせて笑い、

「辛かろうが。北九州でいっちゃん辛い『平塚明太子』の激辛ば使《つこ》うとるけね」

「でも、この辛さがやみつきになります」

とひながいった。竹林は平気な顔で玉子焼をたいらげ、追加で注文した『平塚明太子』を生で食べている。酒はビールから冷酒に変わったから危険信号だ。

「これは先生のリクエストです」

寅市がそういって皿をふたつ運んできた。ひとつの皿には、斜めに切れ目が入った赤いウインナーが盛られ、マヨネーズがたっぷり添えてある。もうひとつの皿には、厚めに切ったカマボコがカマボコ板ごと載っていて、醬油の小皿がついてきた。

「ここにくると昭和のつまみを注文するんじゃ。おまえさんたちも食うてみい」

と竹林がいった。赤いウインナーは小学生のころ、母が弁当に入れてくれたことがある。そのときは可もなく不可もなくという味だったが、これは熱々で塩コショウがきいているせいか、やたらと旨い。マヨネーズをつけると、素朴な味わいがひきたつ。

「玉子焼もマヨネーズつけたら旨いよ」

ママにそういわれて試したら、玉子と辛子明太子の美味しさがさらに増す。カマボコはワサビがはさんであって醤油をつけて食べると、鼻がツンとした。真っ白いカマボコはぷりぷりした食感で、旨みが濃い。

ひなは赤いウインナーとカマボコをぱくぱく食べて、

「旨い。旨すぎるっ」

と声をあげた。このカマボコはどこのものかママに訊くと、

「山口県の萩《はぎ》にある『村田蒲鉾店《かまぼこ》』が作っちょる『一《いち》　萩王』ちゅうカマボコよ。ふつうのカマボコは蒸して固めるけど、これは『焼き抜き』ちゅうて板の下からじっくり焼きあげると。火がじかにあたらんけん、真っ白で旨かろうが」

「たしかに、ふつうのカマボコとはぜんぜんちがいます」

「カマボコってピンクのしか食べたことないです。こんな食べかたもはじめて」

「板わさを知らんのか。時代は変わったのう」

と竹林がつぶやいた。ひなは続けて、

「昭和って、どんな時代だったんですか」

「どういえばいいかの。簡単にいえば大ざっぱでおおらかじゃった。いまは格差社会とか不寛容社会とかいわれるように世知辛いがの」

「あのころは、いまみたいに細かいことをごちゃごちゃいわんやったけね。若い

もんが無茶するのはあたりまえやし、おっさんもおばさんも年寄りも元気がよかったよ」

とママがいった。竹林はうなずいて、

「いまは、ほとんどの業種が大企業の天下じゃ。ふつうのサラリーマンが中高年で職を失えば、低賃金の長時間労働をやるしかない。昭和の時代は個人商店や中小企業が多かった。そのぶん仕事の選択肢がたくさんあって、中高年になっても食いっぱぐれがなかった」

「とにかく、ひとに情があったちゃ。あんまり仕事ができん奴でも面倒みちゃるような男気のある経営者がようけおった。いまの若いひとは嫌いやろうけど、近所づきあいも多かったけ、困ったときはおたがい助けおうとった」

「わしも近所づきあいは苦手じゃった。しかし、ひととひととの触れあいが日常的なぶん、いろいろと学ぶことも多かった。なんせ固定電話と公衆電話しかないから、いきなり誰かが家にくるのは珍しくない。小中学生のころは友だちを遊びに誘うとき、そいつの家の前で叫ぶ」

「なんとかくーん、なんとかちゃーん、て大声で呼びよったねえ」

「スマホなんてないから、当時の恋愛は大変だったでしょう。恋人との連絡とか待ちあわせとか――」

　とひなが訊いた。そらそうよ、とママがいって、

「相手の家に電話したら親がでる。社会人になってからは勤め先に電話せないけんし、待ちあわせするんでも時間と場所をぴしゃっと決めとかな、もう会えんごとなる。それでも、みんなしっかり恋愛しとったよ」

「わしは女の子や友だち含めて、電話番号を六、七十件は暗記しておったの」

「あのころは、みんなそうやったね」

「うっかり電話番号を忘れて、会えなくなった女の子もたくさんおる」

「やっぱり大変ですね」

「それがふつうじゃったから苦にはならん。もっとも、いま暗記しとるのは自分のスマホの番号だけじゃ。それもときどき忘れそうになるのが情けない」

「当時の出版業界は、どうだったんですか」

　和真が訊《たず》ねたら、竹林はグラスの冷酒を啜《すす》って、

「ほかに娯楽がすくないから、マンガはもちろん小説も読者が多かった。昭和三十年代から四十年代にかけては、連載小説を目当てに週刊誌が飛ぶように売れておった。職場の昼休みには、社員たちがその小説の話題で盛りあがったそうじ

や。いまではとても考えられん」

「それだけ本が売れるなら、書店も多かったんでしょうね」

「いまのような大型書店はすくなかったが、街のあちこちに個人経営のちいさな本屋があって、学校帰りに寄るのが日課じゃった」

「先生は、どうせエロ本ばっか見よったんやろ」

「見たくても本屋のおっさんやおばさんの目があるから、小中学生には難易度が高い。だから、わしはきわどい小説がないか探しておった。川端康成《かわばたやすなり》の『眠れる美女』や谷崎潤一郎の『痴人の愛』を読んだのもいかがわしい動機からじゃったが、興奮するよりも文章や描写に感心したの」

「本来の目的とはちがうけど、収穫があったんですね」

「うむ。当時の子どもは情報源がないから、おもしろい本を探すには読んでみるしかない。本屋で立ち読みして興味を持ったら、乏しい小遣いをはたいて買う」

「いまはネットで検索すれば、ベストセラーのランキングやおすすめ本がたくさんでてきます。それにくらべたら不便ですね」

「不便でも、おもしろい本を自分で見つける楽しさがあった。恋人や友だちとも簡単に連絡がとれないからこそ思いがつのる。いまからすればむだの多い時代じやったが、それが情緒を生んだのじゃ」

「このあいだも、むだが情緒を生むっていわれてましたよね」

「世の中がいくら便利になっても、ひとの心は経済的な効率や利便性では測れんからの」

「そうだ。昭和を舞台にした小説はどうですか」

「昭和という切り口だけでは漠然としとるな。昭和のなにを書くかが問題じゃ」

「えーと、その先生がおっしゃる昭和の情緒とか――」

「それなら昭和の作家たちが書いた小説で足りる。いまの読者に対してなにを訴えたいのか、なにを感じさせたいのか、まずテーマを考えねばな」

「テーマですか――」

和真は考えこんだ。なるほど、とひながいって、

「小説は、まずテーマを決めるのが大事なんですね」

「料理だってそうじゃ。いつ誰にどんなものを食べさせたいのかテーマを決めて、なにを作るかレシピを考える。レシピは小説でいえば、登場人物や舞台設定を含むあらすじだと考えればいい」

「そっか、小説って料理に似てますね。参考になります」

「料理は誰でも味わえるが、小説は想像力がなければ味わえん。読者の想像力をかきたてるような小説を書くのが作家の腕じゃが、それがむずかしい」

ドアが開いて七十歳前後の男性客が三人、店に入ってきた。竹林は彼らと顔見知りらしく世間話をはじめたが、きょうはすこし手ごたえがあった。寅市がまた竹林のリクエストだといって、豆腐鉄板と山芋鉄板を運んできた。どちらもステーキ用の鉄皿に盛られ、旨そうな湯気をあげている。

ひなに続いて箸を伸ばしたらママが前にきて、

「あんたたちは若いくせに呑みが足りんね。あしたは休みやろ」

「はあ、まあ――」

「そんなら、これを呑み。最近うちでいちばん売れとるんよ」

大きなガラス瓶に入ったコーヒー焼酎をカウンターにどすんと置いた。

コーヒー焼酎は一杯でやめようと思ったが、やっぱり旨い。ついグラスを重ねたせいでまた終電で帰るはめになり、翌日の日曜は二日酔いだった。ひなもコーヒー焼酎をたくさん呑んだのに、帰りはけろりとしていたのが悔しい。

昼すぎまで寝たあと掃除や洗濯をしながら、竹林がいった小説のテーマについて考えた。料理でいえば、いつ誰にどんなものを食べさせたいのか。「いつ」は竹林が書きしだいだが「誰にどんなものを」が問題だ。「誰に」とはターゲットとなる読者層のことだから、若者がいい。

自分が『夜の音を聞け』に感動したように、竹林の小説はきっと若者に響く。そう思うけれど「どんなものを」がわからない。若い読者に対してなにを訴えたいのか、なにを感じさせたいのか。

さらに竹林は、ぱーっと売れる本を考えてくれといった。なにかアイデアはないか夜まで考え続けたが、まったく思いつかぬまま月曜になった。

その日の午後、小説のテーマについて相談したくて若槻を昼食に誘った。

読後になにも残らない小説でも、売れればいいという若槻の考えには共感できない。とはいえ編集長の橋詰には奥乃院龍介の件でにらまれているだけに、社内でほかに相談できる相手はいない。

昼食にいったのは都内でチェーン展開している居酒屋だった。夜が本業で昼はランチをだしている。たいてい空いているかわり、なにを食べてもいまいちだが、若槻は食にこだわらず、

「食事なんて栄養さえあればいいんだよ。こっちは忙しいんだから、安くて早く

食えりゃあ、それでじゅうぶんさ」

ふだんからそういっているから問題はない。

ふたりは五百九十円の唐揚げ定食を食べたあと、百八十円のコーヒーを飲んだ。煮出したような味で香りもないコーヒーを啜ったら、性懲《しょうこ》りもなくコーヒー焼酎のいい香りと深い味わいを思いだした。

若槻に小説のテーマはどうやって決めるのか訊くと、

「そんなもん作家が考えることさ。編集者はそれがいいか悪いか判断すればいい」

「でも作家ひとりで考えるより、編集者がいっしょに考えたほうがいいものができるんじゃ――」

「あのね。作家になりたい奴はいくらでもいるんだよ。おれたち編集者がいちいち首を突っこまなくても、売れる奴は残り、売れない奴は消えていく。つべこべいわさずに、どんどん書かせりゃいーの」

「若槻さんは担当してるなかで、思い入れのある作家はいないんですか」

「いるよ。まず『もきゅもきゅ』先生だろ。それから『星《ほし》ももろ』先生、『ズ・バーン』先生、『第七天魔王《だいしちてんまおう》』先生、『サダム幸村《ゆきむら》』先生とか――」

「こういっちゃなんですけど、その先生がたは文章がちょっと――」

「文章がどうした。前にもいったけど、この業界は売れてなんぼだよ。いまあげた先生たちはみんな何十万部何百万部って売れてる、うちのドル箱なんだ」

「若槻さんは、ああいう小説がほんとにいいと思ってるんですか」

「バカにするな。おれは東関大学の文学部卒だぞ」

東関大学といえば偏差値は七十を超えている。若槻は続けて、

「文章やストーリーは正直いって、ついていけない。編集長も先生たちにぺこぺこするけど、原稿なんか読みもしないし、読めたもんじゃないっていってた。ありきたりの設定で文章力や語彙力はなく、無意味な擬音を多用する。しかも改行だらけで本の下半分はスカスカだ。でも売れるから、それでいいんだ」

「どうしてそんなに売れるんでしょう」

「読みやすいのと、美少女がでてくるからだろ」

「そ、それだけですか」

「もちろん売る努力はするよ。帯のコピー考えたり、カバーに人気の絵師を使ったり――」

「絵師ってイラストレーターのことですよね」

「うん。ああいう本はカバーのイラストが売れゆきを左右するからな。デビューしたての作家は『絵師ガチャ』っていって、うまい絵師が当たるよう祈ってる」

「イラストで売上が伸びるのはわかりますけど、あくまでパッケージですよね」

「まあ、そうだな」

「肝心の小説では、これからどんなものが売れると思いますか」

「それがわかりゃあ苦労はない。だいぶ前から小説はオワコンっていわれてるんだ。ばんばん新刊だして、売れるか売れないか様子見るしかないだろ」

五 なぜ本が売れないのか
〈史上最強のモツ煮と白菜キムチ〉

次に竹林宅を訪れたのは、十月に入って二週目の土曜だった。

ひなは竹林に教わった青空文庫の小説をすべて読んでいて、高尾へむかう電車のなかで熱心に感想を語った。和真も未読のものに目を通していたから、彼女とその話題で盛りあがった。

「小泉八雲のは古きよき日本って感じだけど、どれもしんみり怖い。『茶碗の中』はラストが謎すぎて想像がふくらみます。夏目漱石の『夢十夜』は第三夜がめっちゃ怖くて、第十夜は意味不明でシュールなところが好き。岡本綺堂のは『青蛙堂鬼談』のなかの『利根《とね》の渡』と『猿の眼《め》』と『一本足の女』が特にやばかったです」

「『青蛙堂鬼談』は百物語形式で、出席者がひとりひとり語るのがいいよね。森鷗外のはそれほど怖いって感じはないけど、文章力がはんぱじゃない」

「あたしは『牛鍋』が好き。あんなに短いのに人間の醜さがにじみでてて。小川未明は童話だけど、透明な怖さっていうか不条理さもあって、子どもが読んだらトラウマになりそう」

「それはいえる。ちいさいころに読まなくて、よかったかも」

「江戸川乱歩の『押絵と旅する男』は情景が目に浮かぶようにリアルな描写で、

不思議だけど怖い。ほかの二編も幻想的で狂気をはらんでて、どこからこんな発想がでてくるんだろうって思いました」

「幻想と狂気だと夢野久作もひけをとらないね。『瓶詰地獄』はどうだった?」

「怖かったです。『第二の瓶の内容』の最後の一行でぞーっとして――。人間の怖さだと菊池寛の『三浦右衛門の最後』がエグすぎます。渡辺温の『可哀相な姉』もめっちゃ後味悪かった」

「柳田国男の『山の人生』は、あれが実話だと思うとインパクトあるよね」

「むごくて悲しい話だけど、頭で考えても書けないようなリアリティを感じました。幸田露伴の『幻談』と『観画談』は文章が格調高くて、表現力がすごい。坂口安吾の『桜の森の満開の下』は、きれいで残酷で切なくて――」

話に熱中していたから、高尾に着くまでの時間は短く感じた。

このところずっと竹林に提案する小説のテーマや売れる小説について考えていたが、どちらもさっぱり思いつかなかった。若槻が担当している作家がそうであるように、小説は必ずしも内容の良《よ》し悪《あ》しで売れるわけではない。読後になんの感動もなくても、売れる本は売れる。

竹林がリストアップした小説は、すべて名作だ。文章や設定には古めかしさを感じるけれど、いまでもじゅうぶん鑑賞に堪える。といって、これらをいま出版してても売れないだろう。著作権が切れて無料で読めるからではなく、その条件をのぞいても売れない気がする。多くの読者が飛びつくのはトレンドの最先端で、いま話題の小説だからだが、それがむなしい。

竹林宅に着いたのは、いつものように五時前だった。

ガブが玄関にでてきてひなに体をすりつけるのも、いつもどおりだ。二階にあがると、ジャージ姿の竹林がしかめっ面でスマホをいじっていた。

「クソったれめが。勝手なことを書きくさって」

ぶつぶつ毒づいているから、なにをしているのか訊くと、竹林はスマホを畳に放りだして、エゴサじゃ、といった。

エゴサはエゴサーチの略で、自分の名前やハンドルネームをネットで検索するという意味だが、還暦をすぎてそんなことをする人物は珍しいだろう。

「誰かが先生の悪口を書いてたんですか」

「わしの本をクソミソにけなしておる。ほんとうは星ひとつでもつけたくないと書きやがった」

「隠居したといっても、ご自分の小説のことは、やっぱり気になるんですね」

「好き嫌いでけなすくらいは問題ないが、こやつは途中から飛ばし読みしたと書いておる。しかも図書館で借りてだぞ」

「先生の『まだ届いてないので期待をこめて星ひとつです』みたいな話ですね」

「うむ。匿名を盾に他人を貶《おとし》める奴はいくらでもおるから、いちいち腹をたててもきりがない。道を歩いておったら、見も知らん奴に後ろから蹴飛ばされたようなもんじゃ」

エゴサするなんて、先生はメンタル強ーい、とひながいった。

「あたしなんか検索してもぜんぜんヒットしないけど、それでもエゴサするのは怖いです」

「なにかを世にだせば、必ず誹謗《ひぼう》中傷する奴がおる。作家を目指すなら、それを恐れてはいかん」

「はい。あ、話は変わりますけど、先生にもらったリストの小説、ぜんぶ読みました。どれもめちゃくちゃおもしろかったです」

ひなはまた感想を語りはじめたが、竹林はそれをさえぎって立ちあがり、

「読んだなら、それでいい。話の続きは一杯やったあとじゃ」

和真とひなはキッチンにいき、酒と料理を二階に運んだ。

以前は早く打ちあわせをしたいと焦っていたが、竹林を急《せ》かしてもむだだし、こちらから提案できるものもない。ならば、じっくり腰をすえて竹林とむきあおうと思った。ガブは、ひなにまた『チャオ　ちゅ〜る』をもらってご機嫌だ。

きょうの料理はモツ煮、蒸し豚、白菜キムチ、カイワレ大根のサラダだった。ビールで乾杯してから、竹林はまずモツ煮を食べるようにいった。モツ煮は味噌《みそ》仕立てで具はモツとコンニャクしか入っておらず、刻んだ白ネギがたっぷり載せてある。ひながそれをひと口食べて目を丸くした。

「なにこれ。モツが超やわらかくて美味しー」

和真も食べてみると、味噌の旨みがしみこんだモツは絶品だった。臭みはまったくなく、ちいさな長方形に切ったコンニャクの食感とシャキシャキした白ネギがモツの味わいを増す。和真は感心して、

「これは先生が作ったんですか」

「この味をだせるようなら商売ができる。わしはモツ煮を温めて、白ネギを刻んだだけじゃ」

「すると、お取り寄せなんですね」

「群馬県の『永井食堂』のモツ煮じゃ。やわらかくて臭みのない国産豚の小腸と群馬特産のコンニャクを使い、越後《えちご》味噌と信州味噌をブレンドした汁で煮込んでおる。『永井食堂』は辺鄙《へんぴ》な場所にあるが、モツ煮目当てで毎日行列ができる」

「そのお店、テレビで観たことあるかも」

「わしもテレビで知った。通販では『もつっ子』という商品名で売っておる」

「ぼくもぜったいお取り寄せします」

「このままでもじゅうぶん旨いが、わしはこれをかけるのが好きじゃ」

竹林はモツ煮に一味唐辛子と粗挽きのブラックペッパーをたっぷりかけた。まねしてみたら、刺激的な辛さが加わって酒の肴にぴったりだった。

「さあ、次はキムチじゃ」

竹林にうながされて白菜キムチを食べた瞬間、キムチの美味しさを凝縮したような味に驚嘆した。みずみずしい歯応え、濃厚なコクと辛み、ほどよい酸味と甘さ。大げさでなく、いままで食べた白菜キムチのなかでいちばん旨い。ひなもまったくおなじ意見で、

「こんな美味しいキムチ食べたら、ほかのが食べられなくなっちゃう」

「唯一の欠点はそれじゃな」

「これもお取り寄せですよね」

「うむ。『京都ほし山』の白菜キムチじゃ。国産のブランド白菜、青森産のニンニク、新鮮なアミエビの塩辛、天日干しした韓国産唐辛子などが原料で、キムチの漬けかたに京漬物の技法を取り入れておる。味の濃さや辛さは九種類から選べるが、これは『こってり』で、いちばん味が濃い」

「原料にめちゃめちゃこだわってるんだ」

「国産の白菜は韓国産にくらべて水気が多く、キムチにすると歯応えがなくなる。しかし『京都ほし山』は、季節にあわせて最良の白菜を仕入れておるから、しっかり歯応えがある。次はその蒸し豚にキムチを載せて食うてみい」

蒸し豚はしっとりもちもちして脂が乗っており、この白菜キムチと最高の相性だ。白菜キムチだけでもびっくりするほど旨いのに、そこへ肉の旨みが加わるからたまらない。この蒸し豚もお取り寄せかと訊いたら、竹林が作ったという。

「豚バラ肉のブロックを常温にもどし、全体に塩を揉《も》みこむ。それをラップでくるんで密閉できるビニール袋に入れ、冷蔵庫で二時間以上寝かす。そのあと豚バラ肉をだして水気を拭き、適当な長さに切って耐熱容器に入れる。豚バラ肉の上に白ネギの青いところと薄切りにしたショウガを載せ、酒をふりかける」

ひなはスマホのメモアプリにレシピを入力している。竹林は続けて、

「豚バラ肉が入った耐熱容器を深めの鍋に入れ、耐熱容器と鍋の隙間に湯を注ぐ。湯の量は耐熱容器の高さの三分の一じゃ。鍋をガスコンロにかけ、湯が沸いたら弱火にして蓋をする。ときどき様子を見て、湯が減ったら注ぎ足す。豚バラ肉に竹串を刺して透明な汁がでてくるようになったら、耐熱容器からだして粗熱をとる。あとは好みの厚さにスライスするだけじゃ」

「なぜ蒸すんですか。ゆでたほうが早い気がしますけど」

と和真が訊いた。ちゃんと理由がある、と竹林はいって、

「肉は下手にゆでると肉汁といっしょに旨みが流れでてしまうが、蒸すことで旨みを閉じこめる。塩を揉みこむと浸透圧で肉のよけいな水分をだし、味を凝縮する。白ネギの青いところとショウガをいっしょに蒸すのは風味づけのためじゃ」

「だから香りがよくて、しっとりもちもちした食感なんですね」

「ブロックのお肉って買ったことないけど、あたしもこれなら作れそうです」

「これも簡単に作れるぞ」

竹林はカイワレ大根のサラダを顎で示した。カイワレ大根となにかをマヨネー

ズであえたのは見た目でわかったが、食べたら想像を超える美味しさだった。カイワレ大根とあえてあるのはホタテの貝柱で、さっぱりしたなかに旨みとコクがある。竹林に作りかたを訊くと、

「缶詰のホタテ貝柱のほぐし身を、根を切ったカイワレ大根とマヨネーズであえた。そのとき、缶の汁をすこし混ぜるのがコツじゃ」

「たったそれだけですか」

「もうひとつある。これに使ったマヨネーズは、キユーピーの『卵を味わうマヨネーズ』じゃ」

あ、それ知ってます、とひながいった。

「食べたことないけど、すごく高いんですよね」

「うむ。『エグロワイヤル』という高級な玉子の卵黄をたっぷり使い、なたね油と芳醇白ぶどう酢でコクと旨みをひきだして熟成させたそうじゃ」

「ふつうのマヨネーズより黄色くて味が濃いのは、卵黄のせいですね。だから、こんなに美味しくなるんだ」

カイワレ大根とホタテ貝柱のサラダは箸休めにぴったりだ。和真はふたたびモツ煮を食べ、白菜キムチと蒸し豚を食べ、サラダにもどるのを繰りかえした。

ひなもおなじようにして食べていたが、ふと箸を止めると宙をあおいで、

「旨い。旨すぎるっ」

いつもの台詞をつぶやいた。


「このあいだ先生から、ぱーっと売れる本っていわれて、ずっと考えてたんです。だけど、いまだに思いつきません」

和真は頃合を見計って、そう切りだした。竹林はふふんと笑って、

「そんなことは、はじめからわかっておる」

「え？　ぼくが思いつかないってことをですか」

「誰だって思いつかん。単行本でも文庫本でも、ただ刊行するだけで売れるはずがない。本がどういうルートで売られるか、おまえさんも知っとるじゃろ」

「はい。本の流通は出版社から取次、取次から書店というルートをたどります」

取次ってなんですか、とひなが訊いた。出版社と書店をつなぐ卸問屋みたいなものだよ、と和真は答えて、

「本は再販制度によって、定価販売が義務づけられてるのは知ってる？」

「いえ、よくわかりません」

「再販制度とは再販売価格維持制度という法律だよ。本は文化的な価値があるので、消費者が平等に購入できるべきで格差があってはいけない。そんな考えから再販制度がある。もし再販制度が撤廃されたら、大手出版社が有利になって中小の出版社は苦境に陥る。書店どうしでも価格競争が起きて、地方の書店は不利になるから、地域に格差が生まれてしまう」

「おなじ本なのに、書店が多い大都市だと安く買えるとか？」

「そういうこと。そんな不平等をなくすために本は定価で売らなきゃならない。価格競争の結果、出版社が売上至上主義になると、話題の本や人気の本ばかりの市場になって、専門書や学術書みたいに必要だけど部数がすくない本は出版されなくなる」

「なるほど」

「話をもどすと、取次は大手二社の寡占状態で、本は一部の出版社をのぞいて委託販売なんだ」

「なぜ委託販売なんですか」

「いま書店の数は激減してるけど、この前先生がいったように昔はどこの地方にも中小の書店がたくさんあった。そこへ本を届けるには、取次という流通業者が必要だった。取次と多くの出版社は、新刊委託部数に対して翌月にその何割かが支払われる契約をかわしてる」

「新刊をだしたら、出版社は翌月にお金がもらえるってこと？」

「そう。取次のおかげで、出版社と書店はいままでやってこれた。出版社は新刊をだすたび、取次からお金が入る。書店は売れ残った本を取次を通じて出版社に返本できるから、在庫を抱えるリスクがない」

「売れずに返本したぶんのお金はどうなるんですか」

「出版社は先にお金をもらってるから、取次への借金になる。でも次の新刊をだせば、その本が売れても売れなくても、また翌月にお金が入る。だから返済を延ばすためにも、次から次へと新刊をだすことになる」

「なんか自転車操業みたいな感じですね」

「まさにそうなんだ。ここ二十年くらい、返本率は四十パーセントを超えてる。それなのに毎日出版される本は二百冊前後、年に七万から八万冊の新刊がでる」

「そんなに——あたし、自分の本がだせる気がしなくなりました」

「ちゃんとしたものが書ければ心配ないよ。うちの会社だって、次々に新刊ださなきゃならないんだから」

和真はそういってから竹林にむかって、

「ただ刊行するだけで売れるはずがないって先生がおっしゃったのは、いまいったような現状だからですか」

「むろん、それもある。新刊は洪水のように押し寄せるから、書店もじっくり売るひまがない。確実に売れる新刊以外は、ちょっとのあいだ平積みか面陳したあと棚差しにして、残りは返本じゃ」

平積みと棚差しって――とひながつぶやいた。

「平積みは書店の棚にカバーが見えるように積むから、手にとりやすい。面陳はカバーを正面にむけて棚に置く。棚差しは、だいたい一冊だけ棚に入れて背表紙が見える。棚差しは目立たんから、売れゆきは地味じゃ」

「ってことは平積みしてるあいだに売れなきゃ、やばいですね」

「平積みするのは、だいたい二週間だよ」

と和真がいった。竹林は続けて、

「平積みでも部数がわずかで場所が悪けりゃ、ぜんぜん目立たん。たった二週間、書店の片隅にならべるだけで売れるほうがおかしい。書店の数も書店へ足を運ぶひとも年々減っておるのに――」

「ＰＯＰや著者のコメントなんかをつけても限界がありますね」

「本に限らず、広告しない商品はよほどのことがない限り、売れることはない。消費者がその存在を知らんのだから」

「出版社も予算がないから、売れてる本以外は広告しませんね」

「企業は本来、これが売りたいと自信を持った商品を売るものじゃ。出版業界もかつてはそうじゃったが、いまは売れそうなものを売る、またはいま売れているものを後追いするようになった」

「それでも売れるとは限りません。大々的に広告したのに、たいして売れなかった本もあるみたいですから」

「広告の媒体も昔とは変わったからの。昔は新聞広告や新聞の書評欄で売上があがったが、いま新聞を読んどるのは中高年だけじゃ。若い世代はネットやスマホやゲームがあるから、テレビさえ観なくなりつつある」

「書店の売上はさがったけど、最近は電子書籍の需要が伸びてます」

「そのぶんネットやスマホでのアプローチが重要になる。最近は各界の有名人やインフルエンサーと企業をマッチングする代理店もたくさんある」

「え、企業が代理店にお金を払って、有名人やインフルエンサーに広告を依頼するんですか」

「そのとおり」

「それってステマじゃないけど、ヤラセみたいなもんですよね。企業からお金をもらったひとたちが『この商品いいよ』って宣伝するんだから」

「はじめはヤラセであっても、いったん売れはじめれば弾みがつく」

「たしかに売れはじめると強いですね。会社の先輩が担当してる作家の小説は、なぜ売れるのかよくわからないけど、軒並みベストセラーです」

「そんなに売れるなら、わしもそういう小説を書くか」

「いや、それはむずかしいと思いますけど――」

「なぜじゃ」

「先生の名前は知られてますし、いまいった作家はみんな二十代の若手です」

「筆名で書けば問題ない。わしは筆名でも書いてみたかったが、担当者がやらせてくれなかった。アンドリューとかオリヴィアとかフェルナンドとか、外国人みたいな筆名もいいの」

「オリヴィアって女性でしょう」

「女性が書いたことにすれば、もっと売れるじゃろう。ついでにハリウッド女優みたいな美女の写真を、著者近影でカバーにつける」

「そんなの詐欺じゃないですか」

「詐欺なもんか。著者近影の下に一ポイントくらいの文字で『写真はイメージです』と入れときゃいい。プロフィールもイメージでハーバードかＭＩＴ卒にして、歳は二十四、五にしよう」

「でたらめにもほどがあります」

あきれて溜息をついたが、ひなはくすくす笑っている。和真は続けて、

「それでやったとしても先生には書けないと思います。うだつのあがらない主人公が死んで異世界に転生して、特殊能力を身につけて美少女にモテモテみたいな話なんで――」

「かまわん。それで売れるんなら書くぞ」

「ぼくは書いてほしくないです。先生には、いまの若者の心に響く小説を――」

「そういうならやめとくが、わしはちゃんと提案したぞ。次はまた、おまえさんが考える番じゃ」

「そんな――」

「ところで、そろそろシメを食わんか。このモツ煮の汁とキムチは、とんでもな

く飯にあうぞ」

そういわれると生唾が湧いてきて、小説の話はそこで終わった。

三日後の夜、新刊の刊行を祝う打ちあげがあった。

新刊を書いたのは、和真が担当している愛川《あいかわ》へてという三十代なかばの男性作家だ。愛川へては四年前のデビュー以来、軽いタッチのミステリーを専門に書き、十冊ほどの著書がある。

新刊は文庫書きおろしの『恋愛探偵アイリの事件簿4』で、愛川の本ではいちばん売れているシリーズだが、巻を重ねるごとに売上が落ち、増刷がかからなくなった。

増刷とは初版が売り切れた本を、おなじ内容でふたたび印刷することだ。増刷の部数はだいたい初版の三分の一、初版が一万部なら三千部くらいになる。初版は本の奥付に「第一刷」と表記され、増刷がかかると「第二刷」「第三刷」のように数字が増えていく。ずっと増刷がかかり続ける著書が何冊かあると、かなりの不労所得が入るから、俗にいう「印税生活」ができる。

重版は増刷とおなじような意味で用いられるが、重版は本の内容を一部変更して印刷するので奥付の表記は「第二版第一刷」といった表記になる。

打ちあげに参加したのは愛川へて、橋詰、若槻、和真の四人だった。

場所は神田の安い居酒屋で、料理は二時間飲み放題付きの三千円コースだった。愛川の前の担当だった若槻に聞いたところでは『恋愛探偵アイリの事件簿』の第一巻が五万部ほど売れたとき、打ちあげは赤坂の高級フレンチで部長まで顔をだしたそうだから、ずいぶん質素になった。

「こういう店で申しわけない。うちも売上が悪いから経費を削られてね」

橋詰はそういいわけしたが、愛川へての売上が悪いから店のランクがさがっただけだ。『恋愛探偵アイリの事件簿4』の初版部数も大幅に減って、八千部しかない。定価は六百円で文聞社の印税は十パーセントだから、愛川の懐に入るのは四十八万円だ。

愛川が『恋愛探偵アイリの事件簿4』を書くのに要したのは四か月、そのあいだ連載や刊行した本もないので、月収に換算すると十二万円とあって生活は大変だろう。しかも橋詰は打ちあげの居酒屋へむかう途中でこういった。

「これが売れなかったら――たぶん売れないから、今夜はお別れ会だな」

「愛川さんは役所勤めだったんで、ぜったい辞めないほうがいいっていったんです。でも彼はアイリが売れたもんで調子に乗って辞めちゃって――他社の仕事もないみたいだから心配ですね」

と若槻がいった。橋詰は渋い顔になって、

「考えが甘いんだよ。最近はベテラン作家でも昔のように本が売れないから、金に困ってるんだ」

打ちあげは形式的なものだけに会話は弾まなかった。店を予約するときは意識していなかったが、三千円コースの料理のなかにモツ煮とキムチがあった。どちらも竹林宅で食べたのとは雲泥の差で、まずくて箸が伸びない。おなじ料理なのに、どうしてこうも差がでるのか不思議だった。

橋詰と若槻はまだ仕事があるので会社にもどると嘘をついて二十分ほどで帰り、愛川とふたりきりになった。黒縁メガネをかけてずんぐりした体型の愛川は初版部数のすくなさを嘆き、

「こんなんじゃ生活できないよ。彼女と来年結婚するつもりなのに、どうしよう」

「しばらくは兼業でやったらどうですか」

「いまさら就職なんて無理さ。もし、どこかの会社に入れても書く時間がなくな

っちゃう」

「だったらバイトで――」

「おれは作家だよ。安い時給で、年下の奴らといっしょに働きたくない」

「じゃあ早く新作を書いて、それをヒットさせるしか――」

「書くよ。アイリの五巻目を急いで書く」

橋詰は『恋愛探偵アイリの事件簿４』が売れなかったら、愛川を切るような口ぶりだっただけに五巻目を書いても刊行できない可能性がある。和真はぬるくなった生ビールを啜って、

「アイリの五巻目は、今回の売れゆきを見てからでいいんじゃないですか。それよりも、いままでとはちがった作品をお書きになっては――」

「書きたいけど時間がかかるから、そのあいだの生活が大変だよ。そうだ。書きおろしじゃなくて連載はどう？　『小説文聞』に書かせてもらえない？」

愛川はこちらの顔を覗きこんでいった。『小説文聞』は担当者がちがうし、いまの実績で連載は無理だろう。遠慮がちにそれをいうと、愛川は勢いよく酎ハイをあおって、もういいよ、といった。

「べつの版元に話を持っていく。そっちで売れても後悔しないでね」

「まあ、そうおっしゃらずに――」

懸命になだめても愛川はふくれっ面で帰っていった。愛川の本は他社のほうが売れていないから、確実に断られるだろう。自分の担当作家だけに責任を感じたが、どうすることもできない。

ネオンが灯《とも》る通りを重い足どりで歩いていると、竹林のことが頭に浮かんだ。竹林はずっと新刊をだしていないし、ほかの仕事もしていない。六十三歳だから年金が入るのはまだ先だ。過去にだした著書の印税が入ってもたかが知れているし、貯《たくわ》えがあるにしても安楽に余生を送れるほどではないだろう。

竹林が取り寄せている食材や調味料をネットで調べたら、高額なものが多い。竹林は隠居だとうそぶいているが、今後の生活は大丈夫なのか心配だった。

六　ぶっ飛んだ作家たち〈人生でいちばん旨い鮭ごはん〉

竹林はどんな小説なら、書く意欲を見せるのか。

いい考えが浮かばないまま日にちが経った。竹林はこの前会ったとき、帰り際にまた小説のリストをひなに渡した。

「こんどのは図書館へいくか買うかしないと読めんし、古い作品が多いから探すのは面倒じゃろう。しかし怖い小説を書きたいなら、できる限り読んでおけ」

和真も読んでみたくて、リストをスマホで撮影した。

色川武大《たけひろ》『空襲のあと』

遠藤周作『三つの幽霊』『蜘蛛《くも》』

河野多恵子『思いがけない旅』『雪』

小松左京『くだんのはは』『骨』『保護鳥』『牛の首』

永井龍雄《たつお》『青梅雨《あおつゆ》』

志賀《しが》直哉《なおや》『剃刀《かみそり》』『城の崎にて』

島尾《しまお》敏雄《としお》『大鋏《おおばさみ》』『夢の中での日常』

曽野《その》綾子《あやこ》『長い暗い冬』

高橋克彦《かつひこ》『遠い記憶』『私の骨』

筒井康隆『乗越駅の刑罰』『遠い座敷』『母子像』『鍵』

都筑道夫《つづきみちお》『春で朧《おぼ》ろでご縁日』『はだか川心中』『風見鶏《かざみどり》』『古い映画館』『阿《お》蘭《らん》陀《だ》すてれん』

野坂昭如《あきゆき》『骨餓《ほねが》身《み》峠《とうげ》死人《ほとけ》葛《かずら》』

半村良『箪笥《たんす》』

日影丈吉《じょうきち》『ひこばえ』『吉備津《きびつ》の釜』

星新一『おーい　でてこーい』『あれ』『門のある家』

皆川博子《ひろこ》『丘の上の宴会』『結ぶ』『砂嵐』
三浦哲郎『楕円《だえん》形の故郷』
向田邦子《くにこ》『かわうそ』
吉田《よしだ》知子《ともこ》『お供え』
吉屋《よしや》信子《のぶこ》『鬼火』
吉行淳之介《よしゆきじゅんのすけ》『出口』『手品師』『光の帯』『埋葬』『曲った背中』

リストには大正から平成にかけて書かれた小説がならんでいた。すでに物故した作家が多いが、いまも活躍する作家もいる。

「図書館ならタダで読めるけど、作家さんに申しわけないから自分で買います」

ひなはそういったが、和真も未読のものが多かったから手わけして書店やネットで購入し、ふたりでまわし読みした。竹林が薦めるだけあって、どれも怖いのはもちろん斬新な発想や練りあげられたストーリーに感心した。

ひなとは本の交換がてら、仕事帰りに会って感想を語りあった。それは楽しかったけれど、古書でしか手に入らなかった短編集を仕事中に読んでいたのが橋詰にばれて叱られた。

「いまから売れる作家を発掘するのが、きみの仕事なんだ。昔の小説を読むなとはいわんが、読むなら休みの日にしなさい。それに最近は長編が主流だから、そういう短編は売れないよ」

十月下旬に入って竹林からメールがあった。

もしかして新作の構想が浮かんだのかと思いきや「とびきり旨いものが届いたから、ひなちゃんと食べにこい」とあったから拍子抜けした。が、とびきり旨いものとはなんなのか、気になるのもたしかだ。

十月最後の土曜、ひなとJR神田駅で待ちあわせした。

彼女はいつもの黒ずくめではなく、ベージュのニットセーターにブルージーンズという服装でやってきた。高尾行きの電車に乗りこんでから、わけを訊くと、

「作家は見た目じゃなくて、どんな小説を書いたかが大事でしょう。形から入るのはダサいような気がして」

「人気がでて露出が多くなれば、見た目も大事だと思うけど」

「そうなったら考えます。あ、でも顔はださないほうがいいかも」

「どうして」

「小説と作家のイメージがちがいすぎると、落胆するじゃないですか」

「それはあるね。すごく繊細な小説を書くひとが、いかつい顔だったりすると読者がひいちゃう。『檸檬《れもん》』で有名な梶井基次郎《かじいもとじろう》とか」

「梶井基次郎って、たしか国語の教科書で写真見ました」

「ぶっちゃけゴリラ顔だよね。もし男前なら、もっと人気がでたと思う」

「気の毒だけど、顔出ししないほうがよかったんですね。あたしはやっぱり小説で勝負しよう。じとじとしたホラー書きたいのに、本人はぜんぜん怪しい雰囲気ないから」

ひなは服装だけでなく、性格も変わった気がする。はじめて会ったころのような強引さは影をひそめて謙虚になったが、以前よりも小説に対する意欲を感じる。そうなったのは竹林の影響だろうか。

竹林には自分も刺激を受けている。あの歳になって好き勝手に生きているのはうらやましくもあるし、心配でもある。そのくせ六十をすぎた自分がどんな生活をしているのか、まったく見当がつかない。

「先生、またなにか料理を作ってるんでしょうか」

とひながつぶやいた。

「だと思うよ。とびきり旨いものが届いたっていってたから」

「先生がごちそうしてくれるのは、ほんとに美味しいし勉強になるけど、申しわけないです。おまけに小説のアドバイスまでしてもらって、このまま甘えていいのかなって思います」

「ぼくもそれは気になってた。この前は『なしかちゃ』もおごってもらっただろ。先生は、わしが払うってきかないけど、ほんとは編集者が接待しなきゃいけないのに――」

「もし先生の負担になってたら困るな。どうしたらいいんだろ」

「先生に訊いてみるしかない。これだけごちそうになってて、いまさらって気もするけど」


竹林宅には、いつもどおり五時前に着いた。

玄関の引戸を開けたら、さっそくガブが出迎えにきた。茶トラの猫はひなに体をすりつけたあと、上がり框に寝転んで腹を見せた。ひなはリュックからだした『チャオ　ちゅ～る』をこっちに渡して、

「きょうは山野内さんがあげてみてください」

「うん。でも、ぼくはすぐ噛まれるからなあ」

和真は袋の先をちぎってガブに差しだした。『チャオ　ちゅ〜る』の威力は絶大で、ガブは喉をごろごろいわせながら袋にしゃぶりつき、あっというまに食べ終えた。すこしはなついたかと思った瞬間、ガブは大きな目をきらりと光らせると、和真の手に爪をたててガブガブ噛みはじめた。

「やっぱやられた。ガブちゃんやめて。ガブちゃんやめてっ」

思わず叫んだが、ひなが頭を撫でたらガブはころんと転がって、また腹を見せた。態度の豹変《ひょうへん》に苦笑していると、竹林が二階からおりてきた。

「ちょうどアテの準備ができたところじゃ。酒を運んでくれ」

ジャージ姿の竹林は腕まくりして、やけにはりきっている。きょうの酒はビールとよく冷えた日本酒で、ラベルには『春鹿　純米　超辛口』とある。それをひなと二階に運んだら、ちゃぶ台にはもう小鉢や小皿がならんでいた。

小鉢はひとりにふたつで、ひとつはイクラと大根おろしとワサビが盛られ、もうひとつはちいさな賽《さい》の目《め》に切ったチーズに赤い塩辛らしきものが載せてある。小皿には沢庵《たくあん》に似ているが、もっと色の濃い漬物と焼海苔がたくさんある。

「先生、この前もらったリストの小説、ぜんぶ読みました。山野内さんとまわし読みして──」

ひなはビールで乾杯したあと感想を語りかけたが、読んだならいい、と竹林は前回とおなじく話をさえぎって、

「海外の作家にも短編の傑作はたくさんあるが、それはまたの機会に紹介しよう」

「お願いします」

「読むのは順調なようじゃが、遊びのほうはどうじゃ」

「遊びですか。遊びはあんまり──」

「イギリスの作家でノーベル文学賞を受賞したバーナード・ショーは『歳をとったから遊ばなくなるのではない。遊ばなくなるから歳をとるのだ』といった。作家は遊びを通じて、ひととはちがう体験をせねばならん」

ひなは大きくうなずいた。

竹林は小鉢のイクラをつまんでから、うーん、とうなって、

「ひさしぶりに食べたが、あいかわらず旨いの。さすが『新潟加島屋』じゃ」

どんなお店ですか、と和真が訊いた。

「創業は安政二年、一八五五年から続く新潟の老舗じゃ。この『いくら醤油漬』

は北海道沿岸で獲《と》れる秋鮭《あきさけ》の卵をほぐして、醬油や日本酒に漬けこんである」

イクラはプチプチした歯ごたえとともに濃厚な旨みが弾ける。大根おろしとワサビをいっしょに食べたら、みずみずしい甘みとさわやかな辛さが加わって、さらに美味しくなる。

竹林はもうひとつの小鉢に箸をつけて、こっちも旨いぞ、といった。赤い塩辛らしきものはなにかと訊くと『かんずり酒盗』と答えた。『かんずり』は新潟県妙高市に古くから伝わる調味料で、塩漬の唐辛子を雪の上にさらして、塩や糀《こうじ》で発酵させたものだという。

「それを酒盗とあえたのがこれじゃ」

「酒盗って塩辛ですよね」

「うむ。カツオやマグロなどの内臓を発酵させて作る。これを食うと酒を盗んででも呑みたくなるから、その名がついた。この『かんずり酒盗』はクリームチーズによくあうんじゃ」

「あ、『かんずり酒盗』の下にあるのはクリームチーズですか」

「『キリ』のクリームチーズじゃ。フランスの牧草地帯で育てられた牛の新鮮なミルクから作られる。これに『かんずり酒盗』をちょっぴり載せて食うてみい」

いわれたようにして食べると、『かんずり』の深みのある辛さ、酒盗の塩味と旨み、クリームチーズのまったりしたコクが一体となって絶妙な味わいだ。

竹林は『いくら醤油漬』と大根おろしとワサビを焼海苔で巻いて食べ、『かんずり酒盗』とクリームチーズもおなじように焼海苔で巻いて食べている。まねしてみたら旨さが何倍にもなってビールを吞まずにいられない。

「この『雄勝野《おがちの》きむらや』の『いぶりがっこ』がまたクリームチーズにあう」

竹林はそういって沢庵に似た漬物にクリームチーズを載せて食べた。竹林によれば『いぶりがっこ』は、囲炉裏で燻《いぶ》した干大根を米ぬかで漬けこんだ秋田の伝統的な漬物だという。『いぶりがっこ』は沢庵よりぱりぱりした食感で、燻製《くんせい》のスモーキーな香ばしさがあり、クリームチーズとの相性も最高だった。

竹林とひなはビールに続いて『春鹿　純米　超辛口』を吞みはじめた。これは奈良の『今西清兵衛《せいべえ》商店』という酒蔵の酒で、ラベルにあるとおりプラス十二度の超辛口らしい。

日本酒は酔いそうだからめったに吞まないが、きょうの肴は日本酒がほしくなる。ひなは『春鹿　純米　超辛口』をぐびぐび吞んで、美味しー、を連発した。

「まろやかな口あたりなのに切れ味がすごい」

我慢できずに呑んでみると、旨みがあるのにキリッとして肴の味を邪魔しない。それどころか『いくら醬油漬』や『かんずり酒盗』や『いぶりがっこ』の味をひきたてて、たちまち三杯も呑んでしまった。いつもにくらべて料理のボリュームがすくないぶん、酒がまわるのが早い。和真は溜息をついて、

「先生は、ぼくたちを大酒呑みにするつもりですか」

「ひと聞きの悪いことをいうな。無理に呑ませたおぼえはない」

「そうですけど美味しすぎて、ついつい呑みすぎちゃうから――」

今夜はその心配はいらん。竹林はそういって立ちあがり、

「これから真打ちの登場じゃ」

いそいそと階段をおりていった。

ひながガブと遊ぶのを見ながら待っていたら、できたぞー、と階下から声がした。キッチンにいくと予想外のものがテーブルにあった。

黒っぽい土鍋で湯気をあげる飯、椀《わん》に入った味噌汁、小鉢に盛られた鮭ほぐし。それらとごはん茶碗を二階へ運び、ちゃぶ台にならべた。

竹林はしゃもじで飯をほぐして、ごはん茶碗によそうと、

「さあ、おまえさんたちがいままで食ったなかで、いちばん旨い鮭ごはんじゃ。

心して食え」

えらく大げさなことをいうと思いつつ味噌汁を啜ったら、ダシのきいた白味噌のやさしい甘さにほっとした。具は豆腐、わかめ、油揚げ、青ネギという王道だが、ほかになにが入っているのか、ほのかな辛さがあって味をひきしめている。

次に鮭ほぐしを飯に載せて食べた。実家で食べた鮭ほぐしは身が細かくボソボソしていたが、これはしっとりした大ぶりの身で脂が乗っている。ふっくらして艶がある飯はひと粒ひと粒が立っていて、鮭ほぐしを混ぜて食べると信じられないほど旨い。

旨い。旨すぎるっ。ひながいつもより大声で叫んだ。

「先生がいうとおり、こんな美味しい鮭ほぐしとごはんははじめてです」

これも『新潟加島屋』の『さけ茶漬』じゃ、と竹林がいった。

「キングサーモンに塩をすりこみ熟成させたあと、強火の遠火で焼きあげて、手作業で皮や骨を抜いてほぐす。そこらへんの鮭ほぐしとは素材と手間がちがう」

「めちゃくちゃ美味しいけど、困ります。これに慣れたら、ふつうの鮭ほぐしが食べられなくなるから」

「ほんとだよ。このあいだの『京都ほし山』のキムチもそうだった。あれを食べてから、ふつうのキムチじゃもの足りない」

和真はそういってから、飯はどこの米を使ったのか訊いた。

「飯は新潟魚沼産コシヒカリの新米を土鍋で炊いた」

「新潟魚沼産コシヒカリって美味しいので有名ですよね。それも新米なんて——。でも炊飯器じゃなくて、どうして土鍋で炊いたんですか」

「土鍋は金属の鍋とちがって、ゆっくり熱が入るから米の甘みや旨みをひきだす。しかもこの土鍋は、飯を炊くのにいちばん適した伊賀焼じゃ」

土鍋までこだわるとは竹林らしい。続いてひなが味噌汁について訊くと、

「ダシは昆布とカツオ、味噌は福岡県柳川市《やながわし》の『アサヒ醸造』の『米こうじみそ』じゃ。それに少量の練りカラシを入れた」

「ちょっぴり辛いのは練りカラシなんですね。このお味噌汁も人生でいちばん旨いかも」

「この味噌は、博多や北九州で人気のある天ぷら屋でも使われておる」

竹林は残った『いぶりがっこ』と焼海苔を『さけ茶漬』といっしょに食べるよう勧めた。これがとどめの一撃で、旨さのあまり箸が止まらず、土鍋の飯は見る見る空になった。

満たされた気分でぼんやりしていると、若槻の台詞を思いだした。

「食事なんて栄養さえあればいいんだよ。安くて早く食えりゃあ、それでじゅうぶんさ」

今夜の食事を若槻が食べたら、なんというだろうか。竹林に彼の話をすると、

「その先輩にとって食事はむだに感じられるのじゃろう。美味しさは個人の感覚にすぎんから、それにこだわるのはむだといえる。しかしそのむだのために、どれだけの情熱と時間が費やされてきたか」

「さっき食べたどの食材も、あんなに美味しくするにはものすごい労力が必要ですよね。むだなものから情緒や文化や芸術が生まれる、って先生はおっしゃいましたけど、料理もそうだと思います」

「うむ。むだとは贅《ぜい》じゃからの」

「むだは贅沢ってことですか」

「生命を維持するのが食事の目的なら、食材や料理に金と労力を費やすのは贅沢じゃろう。栄養は薬やサプリでとれるし、空腹を満たすだけなら水でも足りる」

「贅沢といえば、先生が使う食材や調味料は高価なものが多いですね」

「まあな。より旨いものを食おうと思えば、必然的にそうなる」

あのう、と和真はいって居住まいを正し、気になっていたことを口にした。

「先生には、いつも美味しいものをごちそうになって感謝してます。でも先生の負担になってるんじゃないかと心配で――」

「あたしも、ずっと申しわけないと思ってました」

ひなも隣で膝をそろえていったが、竹林は鼻を鳴らして、

「わしが好きでやっとるんじゃ。気がねする必要はない」

「ただ将来のことを考えると、もうすこし倹約されたほうが――」

「なんじゃ。わしの懐具合を心配しとるのか」

「立ち入ったことをいってすみません。先生が大丈夫なら、いいんです」

「まあ、あと二年くらいは、ふらふらしとって大丈夫じゃろ」

「え？　じゃあ、それから先は――」

「考えとらんな。わしはいま六十三じゃから、年金がでるのは二年後か。年金がでても雀《すずめ》の涙じゃが、どうにかなる」

「そんなあ――計画性がなさすぎですよ」

「計画性があったら小説なんか書いちゃおらん」

「その小説も書いてないじゃないですか」

「焦って書いても売れなければ、その場しのぎにしかならん。ちょっとばかり売れたところで、すぐ伸び悩む。わしも駆出しのころは、それで痛い目に遭った」

「ぼくの担当にそういう作家がいます。専業作家でやれると思って役所を辞めちゃって――」

愛川への話をしたら、竹林はふふんと笑って、

「それもいい経験じゃ。本物の作家なら、つらい過去を小説に活かせる」

「でも本を一冊書いたのに印税が四十八万円しかないのは、きびしいですね」

ひながそういうと、これからもっときびしくなる、と竹林はいった。

「紙の本から電子書籍への移行が進んでいけば、初版の印税はなくなって売れたぶんだけ作家に支払うことになるじゃろう。そうなったら、売れない新刊の所得は数万円以下になるかもしれん」

「それじゃ新人作家は生活できませんね。あたしは兼業で書くつもりだけど、本をだしてもお小遣いにしかならないかも――」

「案ずるな。本来、作家は無頼な稼業じゃ」

「無頼な稼業って――」

「アウトローということじゃ。昭和の文壇を代表する作家、吉行淳之介は『作家

とは弱いヤクザである』といった」

「弱いヤクザ？」

「世の中に必要とされているわけでもないのに、好き勝手なことを書いて金をもらうのは堅気の仕事とはいえん。安定した生活を望むなら、作家など目指すものではない」

「あたし、アウトローになろうとしてたんだ。なんか、かっこいい」

「作家が文士と呼ばれておった明治から昭和中期くらいまでは、破天荒な作家がたくさんおった。たとえば太宰治《だざいおさむ》は自殺未遂が二回、心中未遂が二回、そのうち一回は女性だけ死んだ。その後、女房子どもがいるのに愛人に子どもを生ませ、べつの愛人と玉川上水に飛びこんで心中した。聞くところでは、太宰は薬物依存症でウイスキーを呑みながらヒロポン――覚醒剤を打ってたらしい」

「むちゃくちゃですね」

「太宰とおなじく無頼派と呼ばれた坂口安吾も大酒呑みの薬物依存症で、錯乱状態になって暴れたり、友人の作家、檀一雄《だんかずお》の家に居候しておったとき、妻の三千代にライスカレーを百人前注文させたりした」

「居候なのに、なんでそんなことを――」

「頭がどうかしとったんじゃろう。安吾は流行作家だからかなりの収入があったが、それをぜんぶ遣いはたして家財道具から原稿料まで国税庁に差し押さえられた。長男が生まれたときは、取材先のホテルで泥酔したあげく大暴れして、留置場に放りこまれておった」

「坂口安吾って、先生からもらった短編のリストにあった『桜の森の満開の下』を書いた作家ですよね」

ひながあきれた声でいった。

「あんな美しい小説を書くひとが、そんな生活してたなんて――」

「なにかで読んだけど、中原中也《なかはらちゅうや》も酒癖が悪かったらしい」

と和真がいった。あ、そのひと見たことあります、とひながいって、

「文豪をキャラクターにしたマンガで」

「マンガのキャラは実物と関係ないよ。中原中也は詩人で『汚れつちまつた悲しみに』や『サーカス』とか書いたひと」

「中也は酒癖が悪いのを通り越して酒乱じゃ。非力なくせに酔っぱらうと誰にでもケンカを吹っかけた。太宰にからんで家まで押しかけ、檀一雄に投げ飛ばされたのは有名じゃ」

「詩はすばらしいのにプライベートは残念ですね」

「しかし中也も気の毒なところがあって、同棲《どうせい》していた女優の長谷川《はせがわ》泰子を文芸評論家として名高い小林秀雄《こばやしひでお》に奪われた。もっとも長谷川泰子は病的な潔癖症で、小林はそれに辟易《へきえき》してでていった」

「みんなぐちゃぐちゃだあ」

「小林秀雄は、食欲はもっとも低級な欲望だと語っていたらしい。小林はそのせいか食にまつわる文章をほとんど書いておらんが、実際にはとてつもない食通で、一流店の料理人に指導するくらい味にうるさかった」

「それにしても、歴史に残る作家どうし交流があったのは、おもしろいですね」

「檀一雄と太宰では、こんな話もある。あるとき太宰は執筆のために熱海《あたみ》の旅館に逗留《とうりゅう》しておったが、原稿は書かずに遊びほうけて宿泊費が払えなくなった。太宰は女房に金を工面して、檀一雄に持ってこさせるよう頼んだ。檀が金を持って熱海にいくと、太宰は檀を誘ってしこたま呑んだあげく遊女の家に泊まり、金をぜんぶ遣いはたした」

「ひどい——それからどうなったんですか」

「太宰は作家の菊池寛に金を借りてくるといい、檀を旅館に残して東京へもどった。しかし、いつまで経ってもも太宰はもどってこない。檀は旅館の主人に支払いを待ってもらうと、東京で太宰を捜しまわった。そうしたら太宰は、作家としての師匠にあたる井伏鱒二《ますじ》の家で将棋をさしていた」

「うわー、檀さんは怒ったでしょうね」

「むろん激怒したが、太宰はこういった。『待つ身が辛いかね、待たせる身が辛いかね』と」

「ひどい。ひどすぎるっ」

「檀一雄はのちに太宰の『走れメロス』を読んで、熱海での体験がこれを書くきっかけになったのではないかと分析している」

はー、と和真はつぶやいて、

「そんなひどい体験から、あの名作が生まれたんですか」

「転んでもタダでは起きん。それが作家じゃ」

太宰たちのエピソードを聞くと、愛川への悩みなどちいさなものに思えてきた。とはいえ昔の作家が無茶ばかりしていたわけではないだろう。竹林にそれを訊いたら、

「いまも読み継がれる名作を残したのは、無茶な作家が多い。川端康成は美少女

好きで骨董《こっとう》マニアで借金魔じゃった。川端は本をだしてもいない出版社を訪れると、ほしい壺《つぼ》があるといって金庫の金をぜんぶ持っていったり、『伊豆《いず》の踊子《おどりこ》』を書くために長逗留した旅館の宿代を踏み倒したりした」

「川端康成って、そんなひとだったんですか。たしかノーベル文学賞をもらってますよね」

とひながいった。和真はうなずいて、

「川端康成が美少女好きなのは、ぼくも本で読みました。新しく担当になった女性編集者を無言でガン見して、その女性が泣きだしたとか、京都で大勢の舞妓をならんで座らせると、やっぱり無言でひとりひとり舐《な》めるように顔を見てたとか――」

「女癖の悪い作家もたくさんおる。佐藤春夫は、友人の谷崎潤一郎から千代夫人を譲り受ける約束をした。谷崎は夫人の妹のせい子に気があったから、せい子といっしょになるつもりじゃった。ちなみに谷崎は当時三十五歳で、せい子は十五歳じゃ」

「いまだったら炎上どころじゃすみませんね。で、谷崎潤一郎はそれから――」

「せい子にふられたから、千代夫人は譲れないと佐藤にいった。それで佐藤と絶縁したが、のちに谷崎は千代夫人と離婚して二十歳年下の女性と結婚し、佐藤は千代夫人と結婚した。しかしその後も谷崎は不倫を重ね、七十すぎて二十代の義理の娘を口説いておる」

「元気というか病気というか――」

「佐藤春夫の弟子の稲垣足穂《いながきたるほ》は同性愛や少年愛の研究家で、天体や飛行機が好きじゃったが、中原中也をしのぐ重度のアルコール依存症で、坂口安吾があきれるほどの極貧生活を送っておった。酒代のために布団さえ売り飛ばし、夏はふんどし一丁、冬はそのうえに浴衣を羽織る。タオルのかわりにふんどしや飼い猫で体を拭いておったという」

和真は部屋の隅で顔を洗っているガブに目をやって、

「そんなひとに飼われたら猫も大変ですね」

「猫よりも、まわりの人間が大変じゃ。たまに来客があると足穂は一升瓶を何本も空け、ライオン狩りのものまねやら第一次世界大戦の空中戦やら日露戦争の肉弾戦のものまねやら、わけのわからん芸をはじめる。客があきれて帰っても、呑んでは眠り呑んでは眠りを四、五日繰りかえす。あげくに胃液を吐いて下痢便を垂れ流し、危篤状態になる。夫人によれば、そういうことが年に三、四回はあったらしい」

「危篤状態から蘇《よみがえ》るのもすごいけど、奥さんがいるのが驚きだな」

「足穂は自分を支えてくれる夫人をはじめ、誰彼かまわず罵詈《ばり》雑言《ぞうごん》を浴びせる。六十九歳のとき、三島由紀夫の推薦で『第一回日本文学大賞』を受賞したときも、三島をボロクソにけなし、授賞式は欠席した。師匠の佐藤春夫の悪口を書いた直後に、自宅まで金をたかりにいったりもしておる。もっとも罵詈雑言やだらしない行動は、根は純粋だった足穂の照れともとれる」

「照れてるからって迷惑すぎますよ。めっちゃ変人」

「変人といえば内田百閒もそうじゃ。百閒は鰻飯《うなぎめし》の折詰——いまの鰻重《うなじゅう》みたいなものをひとからもらうと、蒲焼《かばやき》を捨ててタレのしみた飯だけ食べた。百閒は酒呑みで美食家で鉄道オタクで、列車に乗るためだけに用もない土地へ旅をしたり、錬金術と称して友人知人から高利貸しまで借金をしたり、とんでもない浪費家じゃった」

「内田百閒は怖い話も多いけど、飄々《ひょうひょう》とした随筆も書いてますね。それにしても、当時の日本の作家は大酒呑みが多い気がしますけど——」

「海外だって多いぞ。古くはエドガー・アラン・ポーからアーネスト・ヘミングウェイ、ウィリアム・フォークナー、ジェイムズ・ジョイス、ジョン・スタインベック。ええと、それからスコット・フィッツジェラルド、トルーマン・カポーティ。ほかにもたくさんおるが、みんなアルコール依存症じゃ」

「錚々《そうそう》たる作家ばかりじゃないですか。フォークナー、ヘミングウェイ、スタインベックはノーベル文学賞をもらってますよね」

「ノーベル文学賞を受賞したアメリカの作家のなかで、すくなくとも五人はアルコール依存症といわれておる」

「あたしもたくさんお酒呑んだら、いい小説が書けるでしょうか」

「そういう問題じゃないよ。だけど、なにか共通点がありそうな気もする」

「酒に溺れたのは自堕落な性格もあろうが、文学史に残る作家たちじゃ。ひとの何倍も繊細な神経や激しい感情の起伏を、酔うことでごまかしていたのかもしれん。また破天荒な生活や、それにともなう罪悪感が傑作を生んだともいえる」

「最近は破天荒な作家のエピソードを聞きませんね」

「不寛容社会や不謹慎狩りという言葉が生まれる時代じゃ。世間がそれを許さんからの」

「正義中毒って言葉もありますね。他人が許せなくて叩き続けるとか」

「他人を許せないのは、自分が絶対的な正義だと思いこんでおるからじゃ。自分は正しいことをしている。相手はまちがっているのだから、それを糾《ただ》すのは当然で、むしろ相手のためを思ってやっているとさえ考える」

「だから自分の意見を押しつけるのがやめられない」

「事件や問題の当事者でもないくせに、聞きかじりの情報を鵜《う》呑《の》みにして他者を糾弾するのは愚劣極まりない。が、ひとは信じたいものしか信じない。自分に都合が悪い情報には顔をそむける」

「どうして、そうなるんでしょう」

「自分が正義だと思いこむのは心地いいからの。正義の味方が悪党をやっつけると胸がすかっとするのは、映画やマンガやアニメもおなじじゃ。しかもネットのように匿名ならば自分は安全地帯にいるから、こんな愉快なことはない」

「匿名だから安心して、他人を攻撃できるんですね」

「ひとりで騒ぐぶんにはたかが知れておるが、正義は集団になると暴走する。大勢の仲間がいると思うから歯止めがかからず、相手への攻撃がエスカレートしていく」

「それで悲しい事件もたくさん起きてます」

「寛容さや自省のない正義は危険で残酷なものじゃ。歴史上のすべての戦争は、国家や民族や宗教の正義に端を発しておる」

「誰にでも自分が正義だって思いこむ危険がありますね。そうならないためには──」

「ひとつの考えに凝り固まるのではなく、広い視野と柔軟な発想を持つべきじゃ。そこに芸術の出番がある」

「でも、いまは芸術もなにかいわれるのを警戒して萎縮してる気がします」

「すべての芸術は政治や世間の風潮に忖度《そんたく》せず、どこまでも自由であるべきじゃ。だからといって法を犯したり他人を傷つけたりするのは許されんが、その作品に見あうくらいの寛容さも必要じゃと思う。いまの世の中は芸術に限らず、あらゆるジャンルで品行方正な聖人君子を求めるせいで、かつての作家たちのような個性は発揮しづらい。傑出した才能は、往々にして一般常識や倫理観とは相容《あいい》れんからの」

その夜は珍しく酔わず、終電よりだいぶ早く竹林宅をあとにした。

帰りの電車のなかでひなは大きく息を吐いて、

「あー、先生の話は情報量が多いから、頭が混乱しちゃう」

「だよね。食べものの情報だけではんぱないよ。でもマジで超美味しかった」

「いつもびっくりしますよね。お取り寄せの食材やちょっとした工夫で、あんなに美味しくなるんだから」

「将来の計画性がないって話は、うまくスルーされたけどね」

「先生は、さっき話してくれたような破天荒な作家が好きなんですよ。だから先のことは考えたくないんじゃないですか」

「それはあるね。前に先生は老後より、いまを心配すべきだといってた。いつ死んでも悔いが残らんよう、やりたいことをやったほうがいいって」

「あたしも破天荒な作家にあこがれます。そばにいたら迷惑だろうけど、内心を隠してきれいごとをいうひとより、自分の欲望に正直で人間くさいところが好きだな」

「え？　ひなちゃんは、そういうひとになりたいの」

ずっと巣籠さんと呼んできたが、竹林がひなちゃんというから、そうなった。

「破天荒になりたいけど、そんな勇気がないです。まわりの目を気にしちゃうから。それに才能がなくて破天荒なのは、ただの困ったちゃんでしょう」

「才能があるからって、なんでも許されるわけじゃない。だけど先生がいったように、いまの日本は不寛容すぎる気がするね。ちょっとしたことで炎上して叩かれるから、みんな萎縮してしまう」

「だから大物が育たないのかも。あたし前はツイッターやってたけど、変なひとに粘着されて炎上しそうになったからアカウント削除しました」

「ぼくはアカウントあるけど、ぜんぜん更新してない。社会人になってから、そういう時間がないし、ひとの反応が怖くなった」

「ネットで誹謗中傷したりマウントとりあったり謝罪を要求したり、他人の批判ばかりしてるひとって、めっちゃ小物ですよね」

「うん。誰かを貶めたからって自分の評価があがるわけじゃない。なにかを吐きだしたいのなら、そのエネルギーをべつの方向へむけたほうがいいと思う」

「あたしは小説で吐きだそう。あ、書きたいことがちょっと見えてきたかも――」

ひなは目を輝かせて、こっちを見た。

その顔がなぜかまぶしくて胸がどきどきした。

七 居眠りして書いても傑作〈北九州名物の絶品お取り寄せ〉

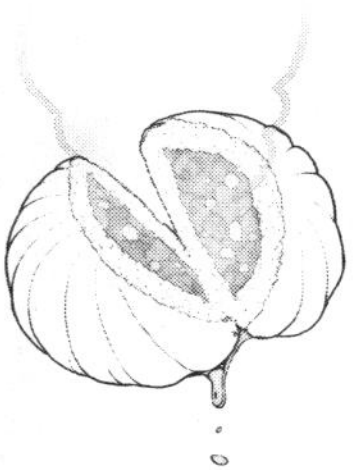

十一月に入ってまもなく、ひなが小説のテーマとプロットをメールで送ってきた。プロットとは、ストーリーの設定やあらすじを簡潔にまとめたものだ。厳密にいうとプロットは作家自身が小説の内容を確認する設計図のようなもの、あらすじはストーリーの流れや起承転結を他者に読ませるためのものだ。けれども作家が編集者に提出する場合、それらをひとくくりにした企画書として用いられる。

テーマは「不寛容社会が生んだ怪物」で、主人公は二十代なかばのＯＬ。プロットは職場のストレスをネットの誹謗中傷で発散していた主人公が住所氏名を特定され、陰湿な厭《いや》がらせを受けて精神を病んでいくというものだった。

書きかたによっては怖くなりそうだが、プロットの掘りさげかたが足りない気がするから、仕事帰りにカフェで待ちあわせて、どう改善するかを話しあった。

「ネットで住所氏名を特定されるっていうのは実際に起きてることだから、いまいち新鮮味がないよね。もうひとひねりできないかな」

「あたしもひねりが足りないと思いました。不寛容社会が生んだ怪物の象徴として幽霊とか呪いとかオカルト的な要素も入れたいんですけど、いいアイデアが浮かばなくて――」

「書いてるうちに思いつくかもしれないけど、もっとプロットの内容を詰めたほうがいいね」

ひなにはいろいろアドバイスしたが、自分もプロットを書いた経験はないから心もとない。若槻に相談しても、そんなもん作家が考えることとさ、というだろう。橋詰の機嫌がよさそうなときを見計らって、ひなのプロットを見せると、

「発想がありきたりだな。というか文聞社新人文学賞の発表から、もう半年も経ってる。本来なら選外のところを佳作にしてチャンスをやったのに、いまだにプ

ロットも書けないんじゃ見込みがないね」

「筆は遅いですけど、本人はやる気があります。もうすこし長い目で見て――」

「プロットの段階で、いちいち相談に乗る必要はない。原稿が書けたら持ってこいっていえばいいんだよ。それを読んでみて、すごくよかったときだけ、ぼくに見せる。わかった？」

和真はしぶしぶうなずいた。ところで、と橋詰はいって、

「きみはまだ『書かずのチクリン』ともやりとりしてるの」

「はい。でも勤務中じゃなくプライベートな時間を使って――」

「それでも考えものだね。あのひとはどうせ書かないし、万が一書いても売れんだろう」

「はあ――」

「奥乃院龍介先生を見ろ。こんどは日本小説文芸大賞を受賞されたぞ」

日本小説文芸大賞はベテラン作家が対象の賞で、数日前に奥乃院の受賞が発表された。さすがですね、とおざなりに答えたら橋詰は続けて、

「きみに奥乃院先生のような大作家を担当しろとはいわん。しかし売れないとわかってる作家に関わってどうする。時間はもっと有効に使えよ」

橋詰に相談したのは藪蛇《やぶへび》で、また人事評価がさがった気がする。奥乃院のようにいま売れている作家やこれから売れそうな新人作家に声をかけ、文聞社で書かせるのが出世の近道だろう。

とはいえ、好きでもない作家をおだてたり接待したりするのは嫌だった。それで本が売れたとしても自分の仕事に誇りが持てない。若槻なら売上が誇りだというかもしれないが、売上はそのときだけであとに残るものがない。せっかく編集者になったのだから、思い入れのある新人作家や自分が感動した本を書いた作家と仕事をしたかった。

ひなは十日ほどかけてプロットを書きなおした。内容はだいぶ充実してストーリーが具体的になってきたが、ここからどうすればいいのかわからない。竹林に助言してもらおうと連絡をとり、その週の土曜にひなと自宅を訪れた。

十一月も中旬近いとあって山の木々は鮮やかに色づいている。竹林宅へむかう坂道は、ひと気がなくて肌寒い。通り沿いにある寺や墓地はいつにもまして不気味だ。和真はコートの肩をすくめて、

「このへんは冬になったら、もっとさびれた雰囲気になるだろうな」

「ですよね。先生はガブちゃんとふたりきりで、さびしくないのかな」

とひながいった。さびしいと思うよ、と和真はいって、

「いままで訊いたことないけど、先生はどうしてここに住んでるんだろう」

「あの家が実家とか――」

「どうかな。たぶん持ち家だろうけど、不便だよね」

「山野内さんはさびしいですか」

「なにが？」

「だって、ひとり暮らしでしょう。彼女とかいるんですか」

ひなはどうしてそんなことを訊くのか。鼓動が速くなるのを感じつつ、

「いないよ。ひなちゃんはさびしい？」

「あたしは実家暮らしだから、さびしいっていうより親がうざいです」

竹林宅に着くと、ガブの出迎えを受けてから二階にあがった。竹林は窓際の机で珍しくノートパソコンにむかっていた。きょうはなぜかジャケットとデニムパンツという格好だ。ふと手元を見たらタイピングがたどたどしい。キーボードを両手のひと差し指だけで打っている。

「もしかして原稿を書かれてるんですか」

そう声をかけると、竹林はようやく振りかえって、

「いや、食材の注文じゃ」

和真はそんなことだろうと思いつつ、

「あの、変なこと訊いてもいいですか」

「なんじゃ」

「もしかして、先生はブラインドタッチできないんですか」

「できんな。やろうと思ったこともないが、おまえさんたちはできるのか」

和真とひなは顔を見あわせてから、うなずいた。竹林は続けて、

「事務作業でもやるならともかく、小説を書くのにそんなスピードはいらん」

「意外です。作家はみんなブラインドタッチだと思ってたので」

「文字が打てるだけでじゅうぶんじゃ。いまだって原稿用紙に手書きの作家もおるぞ」

竹林は大御所と呼ばれる高齢の作家を何人かあげて、

「わしが作家になったころはパソコンは普及してなくてワープロだが、その前はみんな手書きじゃ。流行作家はそれでも月に千枚以上書いてたんだから、たいしたもんよ」

「手書きで月に千枚？」

「木枯し紋次郎で知られる笹沢左保《ささざわさほ》は月産千枚から千五百枚、眠狂四郎で剣客ブームを巻き起こした柴田錬三郎《しばたれんざぶろう》もおなじくらい書いておる。『点と線』で一世を風靡《ふうび》した松本清張は月に十一本の連載を持っておった」

「人間わざとは思えませんね。千枚なんて、原稿用紙に字を書くだけでも大変な労力ですよ」

「昭和四十年代の人気作家、梶山季之《かじやまとしゆき》も毎月の執筆量が千枚を超えていたが、あるときベテラン作家が突然書けなくなった穴埋めをひきうけ、ふた晩徹夜して二百五十二枚を書いた」

「怪物だ」

「あたしパソコンなかったら、十枚でも書けません」

「当時は月に五、六百枚書く作家はざらだった。それだけ小説が読まれていたからでもあるが、わしもパソコンがなければ作家になったかどうかわからん」

「そんなことないと思いますけど、先生はあんまりお書きにならないから」

和真はすこし皮肉をこめていった。

たくさん書けばいいってもんじゃない、と竹林はいって、

「一九三六年に『風と共に去りぬ』でピューリッツァー賞を受賞したマーガレット・ミッチェルは、長編はこれしか書いておらん。一九六一年に『アラバマ物語』でおなじくピューリッツァー賞を受賞したハーパー・リーもほぼ一作、『嵐が丘』のエミリー・ブロンテも一作のみじゃ」

「すごく有名な小説ばかりだけど、作家はみんな女性なんだ」

「男もおる。世界的に大ヒットした『羊たちの沈黙』を書いたトマス・ハリスは四十年で六作しか書いておらん」

竹林はそういってから、じゃあいくぞ、と腰を浮かせた。

「松子ママから、きょうきてくれと電話があった」

松子ママといえば『なしかちゃ』だ。あの店へいったら小説の話はしづらいから、ひなのプロットを竹林に渡して感想を訊いた。

竹林はすこし目を通しただけで顔をあげ、

「タイトルは？」

まだ決めてません、とひながいった。

「タイトルは、なるべく早い時期に決めなさい。あとで決めてもいいが、しっくりくる案が浮かばずに苦しむことも多い。小説にとってタイトルは最大の広告じやからな」

「タイトルは最大の広告？」

「読者の興味を惹くタイトルなら、内容はともかく手にとってみたくなる。さらにすぐれたタイトルは、ストーリーも牽引《けんいん》してくれる。プロットがうまくまとまらないのは、タイトルを含めて小説の全体像が見えてないからじゃ。おまえさんは、これを原稿用紙にして何枚書く？」

「それはちょっと――」

「枚数がわからんようでは、内容をどこまで詰めたらいいかもわからんじゃろ」

「はい。ただ前に書いた『うつろな箱』とあわせて一冊にしたいです」

「たしか『うつろな箱』は、ほぼ百枚だよ」

と和真はいった。

「ひなちゃんのはじっくり読ませるホラーだから、一冊にするには三百枚はほしい。エッセイや軽いタッチの本なら、もっと枚数がすくなくていいけど」

「三百枚って、けっこうありますね。短いのをふたつか三つ書くか、長いのをもう一本書くか――」

ひなが目をしばたたいていると、竹林は続けて、

「主人公は二十代なかばのＯＬとあるが、ＯＬの経験は？」

「ありません」

「小説は虚構じゃから架空の設定でいい。しかし自分が経験していないことを書いても、リアリティがない。読者の心を動かすには、自分が骨身にしみたことを書くべきじゃ」

「骨身にしみたこと？」

「自分が誰よりもよく知っておることよ」

ひなが書いた『うつろな箱』はコンビニが舞台だった。実際の職場は小説のように暗い雰囲気ではないらしいが、彼女がバイトしているだけに細かい描写にリアリティがあった。

「自分が知らんことを書くのなら、資料をみっちり読んで丹念に取材をする」

「頭のなかだけで考えないで、自分がよく知ってることを書けってことですね」

「だからといって、自分が知っていることをぜんぶ書く必要はない。地に足がついた描写をするためには、書かなくても知っておることが大事じゃ」

「書かなくても知ってるとは――」

「最近は庭石のある家はすくないが、庭石というものはただ庭に置いただけでは形が決まらない」

「どうしてでしょう」

「庭石は見える部分がすべてではない。庭石は『根入れ』といって地面に埋まった部分があるから、安定して見える」

「それが書かなくても知ってるってことなんですね」

「かのヘミングウェイも、こういっておる」


もし作家が、自分の書いている主題を熟知しているなら、そのすべてを書く必要はない。その文章が十分な真実味を備えて書かれているなら、読者は省略された部分も強く感得できるはずである。動く氷山の威厳は、水面下に隠された八分の七の部分に存するのだ。

(『ヘミングウェイ全短編1 われらの時代・男だけの世界』アーネスト・ヘミングウェイ著・高見浩訳 新潮文庫 解説より)

「これは『氷山理論』と呼ばれておるが、人間にもあてはまる。人間は誰しも他人から見えるのは、ほんの一部じゃ。他人には見えない水面下を充実させることで、威厳がでてくる。反対に水面下になにもない人間は、いくら虚勢を張っても底が浅く見える」

「すごくわかりやすい。もっともっと勉強します。で、このプロットは——」

「ひとつのプロットに執着するでない。十でも百でも自分が納得ゆくまで書き続けるんじゃ」

「でも、これは自分なりにがんばったんですけど——」

ひなちゃんよ、と竹林はメガネの奥の目を鋭くして、

「それはプロがぜったい口にしてはならん台詞じゃ」

「え、そうなんですか」

「たとえば、おまえさんが行きつけのレストランへいったとする。そこでいつも注文する料理を食べたら、以前にくらべて味が落ちていた。顔なじみのシェフも心なしか愛想が悪い。そんなとき、どう思う」

「んー、どうしたんだろうと思います」

「実はシェフは誰にもいわなかったが、前の晩恋人にふられたとか、大金を紛失したとか、ショッキングな出来事があった。それでも店を休まず、自分なりにがんばって料理を作ったのかもしれん」

しかし、と竹林はいって、

「シェフのプライベートなど客の知ったことではない。がんばったとか必死でやったとかいうのは本人の問題で、客はいつもどおりかそれ以上の味を求めておる。それに応えられねばプロとはいえん」

「あたしの考えが甘かったです。自分ががんばったことで満足して――」

「料理も小説も求められているのは結果であって、個人的なプロセスはどうでもいい。どれだけがんばって書いても駄作は駄作じゃ。がんばるどころか居眠りして書いても、それが傑作ならばなんの問題もない」

「あたしみたいに自分の書いたものが駄作かどうかわからないのは、だめですね」

「プロットの段階じゃ、それは判断できないと思うけど――」

和真は口をはさんだ。もっと簡単に考えろ、と竹林はいって、

「エンターテインメントの場合、プロットの設定とあらすじがよければ、素人が書いてもそれなりのものになる。プロが書けば、まちがいなく傑作じゃ。よくできたあらすじは口頭で伝えても興味を惹く。友だちとバカ話するときだって、いちばんウケるのはあらすじがおもしろい話じゃろ」

「なるほど。いわれてみれば、そうですね」

とひながいった。ってことは、と和真はいって、

「誰かに話して聞かせて、おもしろがってくれるような設定やあらすじを書けばいいんですね」

「うむ。まだ結末が決まってなくても、話の続きを聞きたくなるのが肝心じゃ」

竹林は立ちあがって、それじゃ、もういくぞ、といった。


ガブに留守番を頼んで『なしかちゃ』に着くと、あたりはすっかり暗くなっていた。今夜も昭和歌謡が流れる店内は暗く懐かしい雰囲気で、遠い昔にタイムスリップしたような感じがする。

寅市が厨房からでてきて、にこにこ顔であいさつするなり厨房にひっこんだ。ママはカウンターのむこうでタバコをくゆらせながら、

「あんたたち、ええときにきたね」

和真とひなにそういった。

「きょうは小倉の旨いもんがたくさんあるばい」

小倉はママの出身地だと聞いたが、そこからなにか取り寄せたらしい。ビール

を呑みはじめてまもなく、寅市が小鉢と小皿を運んできた。小鉢には練り梅のようなものをかけた千切りの山芋、小皿には魚の味噌煮がふた切れある。

まず小鉢から食べてみると、山芋のサクサクした食感と粘り、梅のまろやかな旨みと酸味が絶妙なバランスだ。山芋の梅肉あえは居酒屋で食べたことがあるが、それより梅の甘さはずっと控えめで味に奥ゆきがある。

「この梅、すっごく美味しい。これって小倉のですか」

ひなが訊くと、ママは小ぶりな陶製の壺をカウンターに置き、

「小倉の『万玉《まんぎょく》』ちゅう老舗が作っとる『鶯宿梅《おうしゅくばい》』よ」

『鶯宿梅』は紀州産南高梅を裏ごしし、塩抜きした梅肉をダシ昆布に漬けこんだもので、仕込みから壺作りに至るまで、すべて手作業だという。

次に魚の味噌煮に箸をつけると、ひとつはイワシで、もうひとつはサバだった。はじめはふつうの味噌煮とちがう独特な味と香りにとまどったが、イワシはとろとろにやわらかく、サバは脂がたっぷり乗っている。どちらも舌が慣れるにつれて濃厚な旨さがあとをひく。この味つけはなんなのか訊いたら、

「ぬか味噌炊きじゃ」

と竹林が答えた。

「北九州の小倉藩に伝わる郷土料理で、ぬか炊きともじんだ煮ともいう。かつて小倉の旧家ではぬか漬けが先祖代々受け継がれておったが、そのぬかを青魚を煮るときに加えると、臭みが消えて旨みを増す」

「この独特な味と香りは、ぬか味噌なんだ。長い歴史のある料理なんですね」

「歴史があるだけに北九州の名店は、ぬか味噌や魚にこだわっておる。家庭によって、それぞれひいきの店があるらしい。な、ママ？」

「そうよ。うちは『ぬかみそだきのふじた』やけん」

「あー、ごはんがほしくなりますぅ」

とひながいった。和真も遠慮がちに同意した。ママは苦笑して寅市を呼ぶと、小ぶりな茶碗に盛った飯をふたつ持ってこさせて、

「まだ食べさせたいもんがあるっちゃけ、ちょっとしかださんよ」

食べる前からわかっていたが、甘辛く炊いたイワシとサバは問答無用で飯にあう。ひなも和真もたちまち茶碗を空にした。

ママが換気のためか店のドアを開けっぱなしにして、カウンターにもどった。外は静かで、ときおり車が通る音がするだけだ。暗い通りから、ひんやりした夜風が吹きこんでくる。

竹林は焼酎の湯割りに切りかえ、ママもそれを呑んでいる。焼酎のラベルには『やきいも黒瀬』とある。ただの芋焼酎ではなく『やきいも』とはなんなのか。竹林に勧められて呑んでみたら、ほんとうに焼芋の味と香りがしたから驚いた。

「ふつうの芋焼酎は芋を蒸して造るが、これは『やきいも』というとおり焼いた芋が原料じゃ」

焼芋の味と香りをだすには芋を焦げるほど焼かねばならないが、焼きすぎると苦味がでるし、焼きが浅いと香りがでない。そのバランスを見切るため、芋を焼く際には杜氏《とうじ》が二十四時間つきっきりで作業をするという。

ひなが湯割りのグラスに両手を添えて、

「ほっこりして、やさしい味。芋焼酎ってくせが強いのも多いけど、これ呑んだらイメージが変わりますね」

「わしはふだん焼酎はロックじゃが、焼芋の香りを楽しむには湯割りがいい」

寅市がカウンターにでてきて、やはり湯割りを呑んでいる。客はまったくこないが、ママと寅市は気にする様子もない。しばらくのあいだ、みんな申しあわせたように口を開かず、のんびりと夜が更けていく。

こんな時間をすごすのは、いつ以来だろうか。職場ではパソコン、それ以外ではスマホを見る生活が続いているから、なにもしないだけで新鮮に感じる。

「ああ、いい夜じゃな」

と竹林がつぶやいた。

「あとどのくらい、こういう夜をすごせるかの」

「あら先生、やけに気弱なことというね。なんかあったと？」

「なにもないし、気弱になったわけでもない。この歳になると、自分に残された時間を考えるのはふつうじゃろう」

「あたしもそう。若いときは時間なんて無限にある気がしたけど、もう還暦。残りはあとちょっとやもんねえ。人生は短いよ」

「でもママはすごく若いですよ。まだ五十代にしか見えませんもん」

とひながいった。ママはタバコに火をつけて、

「そういうてくれるのはうれしいけど、ちょっとばかし若《わこ》う見られたって、たかが知れとるよ。人間ちゅうのはね、歳をとるほど、ちがいがのうなると」

「どんなふうにですか」

「歳の差を大きく感じるのは若いうちだけよ。十五歳と二十歳、二十五歳と三十歳はだいぶちがうやろ」

「ええ、そう思います」

「けど歳食うてごらん。四十と四十五、五十と五十五、だんだん差がのうなっていくやろ。七十と七十五、八十と八十五なんて、ほとんどおなじやわ」

そっかあ、とひながいった。竹林が湯割りのグラスを傾けながら、

「歳をとるほど、男女の差もなくなっていくな。ホルモンの影響か、男はおばさんぽくなっていくし、女はおっさんぽくなっていく」

「なんねそれ。あたしのことかね」

ママが目を吊《つ》りあげて煙を吐きだした。ちがうちがう、と竹林はいって、

「ママは逆じゃ。だんだん女っぽくなっていくから」

「なら、もとはおっさんやったちゅうことやないの」

わははは、と竹林は笑い、ママも釣られて吹きだした。和真とひなも笑ったが、寅市は笑いをこらえるように後ろをむき、背中をぴくぴく震わせている。

「ちょっとトラちゃん、あんたまで笑いよるんかね」

とママがいった。寅市は狼狽《ろうばい》した表情で笑みを消し、すみません、と頭をさげた。トラちゃんはねえ、とママは笑いを含んだ声でいって、

「こう見えて昔は『暴れ虎』ちゅう通り名で、組の鉄砲玉やったんよ」

「組の鉄砲玉って、もしかして――」

和真は目をしばたたいた。ひなも驚いた顔つきだ。ママは続けて、

「ばりばりの極道よ。背中から二の腕まで虎のモンモン入っちょる」

「ママ、かんべんしてください」

寅市は眉を八の字にして、拝むように両手をあわせた。

「ええやないの。先生は事情知っとうし、とっくに足洗《あろ》うたんやけ」

ママによると寅市は十数年前、親分の命令で対立組織にひとり乗りこみ、組員を全員病院送りにして刑務所に入った。ところが長い懲役を終えて出所したら、組はとっくに解散していて行き場を失った。

途方に暮れた寅市は高尾まで流れてきて、日雇いの肉体労働をしているときにママと知りあった。ママは寅市の過去を聞き、店で働くよう勧めたという。

「わしはトラちゃんから無理やり話を聞きだして、小説のネタにした。会ってまもないころは、あの世界にもどるんじゃないかと心配したが――」

と竹林がいった。寅市は激しくかぶりを振って、

「とんでもない。もうヤクザは懲り懲りです」

「うむ。失敗は何度してもよい。ただし、おなじ失敗を繰りかえさんことじゃ」

「いまの世の中はいっぺんしくじったら、みんなで責めたてて二度と立ちなおれんようにしてしまうやろ。けど、あたしは昭和の女やけね。極道やろうとなんやろうと心を入れかえたんなら、昔のことはどうでもええんよ」

「ほんとうにありがとうございます。もしママが拾ってくれなかったら——」

「もうええっちゃ。いらんことといわんでええけ、黙って呑んどき」

寅市は照れくさそうな表情で、また頭をさげた。

いつもにこにこしている寅市にそんな過去があったとは、思いもしなかった。竹林の家ではじめて会ったとき、暑いのに長袖シャツを着ていたのは刺青《いれずみ》を隠すためだろう。

もとヤクザと聞けば、以前の自分なら白い目で見たかもしれない。けれどもママや竹林は、寅市の過去に偏見を持っていない。ママがいうとおり、いまの世の中はいったん脱落したら、再起は困難だ。にもかかわらず立ちなおった寅市はりっぱだが、彼に手を差し延べたママの懐の深さにも感心した。

開けたドアから吹きこむ夜風のせいで、店内はしだいに冷えこんできた。湯割りを呑んでも寒いからドアを閉めようかと思ったら、竹林に止められた。

「寒くしたのは理由がある。トラちゃん、あれを頼む」

寅市はうなずいて厨房にいった。すこしして電子レンジの音が聞こえたと思ったら、寅市が皿を何枚も運んできた。皿の上では、白くて大きな饅頭《まんじゅう》が湯気をあげている。

「わあ、美味しそう。これって肉まんですか」

ひなが訊いたら、ママはかぶりを振って、

「肉まんやなくて『揚子江の豚まん』。これも小倉の名物よ」

「関東は肉まん、関西は豚まんと呼ぶからの」

と竹林がいった。熱々の豚まんを手にとると、裏に薄い紙が貼ってある。それを剝がして食べようとしたら、待て待て、と竹林が声をあげた。

「そんな食べかたしちゃいかん。気をつけて食わんと、えらいことになるぞ」

竹林は豚まんを裏がえすと慎重な手つきで薄い紙を剝がし、

「こうやって裏を上にむけたまま、ゆっくり食べろ」

なにがえらいことになるのかわからないが、薄い紙を剝がして豚まんにかぶりついた。とたんに熱い肉汁がどっとあふれでてきて面食らった。豚まんの断面には大ぶりの挽肉《ひきにく》と玉ネギがぎっしり詰まっており、そこから流れでる肉汁で手とカウンターがびしょ濡《ぬ》れになった。

ひなも両手を濡らして苦笑している。ママがおしぼりをカウンターに置いて、

「ほら、先生がいうたやろう。気をつけて食べろって」

「やっと意味がわかりました」

おしぼりで手とカウンターを拭き、また豚まんを食べはじめた。スープを薄皮で包んだ小籠包《しょうろんぽう》なみの肉汁は旨みが濃くてジューシーで、もちもちふっくらした皮との相性は抜群だ。

「旨い。旨すぎるっ」

ひなが叫んで椅子の上で飛び跳ねた。

竹林は豚まんの肉汁をこぼさず器用に食べながら、

「豚まんでは大阪の『551蓬莱《ほうらい》』が有名じゃが、これも負けず劣らず旨い」

「豪快な肉汁が九州って感じ。皮も厚くてふっくらで美味しー」

「この皮の生地は氷を使って、ひと晩じっくり発酵させるらしい。だから、きめが細かく具材の旨さを逃さない」

「冷凍でお取り寄せして、レンジで簡単に作れるのもいいんよ」

とママがいった。豚まんの皿には酢醤油とカラシが添えてある。それをつけたら味が変わってまた旨い。豚まんを夢中で頬張っていると、さっきまで寒かった

夜風が心地いい。

「肉まんであれ豚まんであれ、学校帰りに買い食いするのがいちばん旨い。それも寒い日の夕方じゃ」

と竹林がいった。そうそう、とママがいって、

「あたしらが子どものころはコンビニやらないけ、みんな駄菓子屋で買《こ》うたね。蒸し器のケースに入ったやつを、はふはふいうて食べよった」

「肉まんをスチーマーで売りだした元祖は『井村屋』じゃ」

「そうやったねえ。あの赤いケース見たら、わくわくしよった」

「あたしは近所に駄菓子屋がなかったから、コンビニで肉まん買ってました」

「ぼくもコンビニだったけど、先生がいうとおり、寒い夕方の学校帰りに食べるのが旨かったなあ」

「あ、だからドアを開けっぱなしにして、わざと寒くしたんですか」

ひなが訊くと、竹林は片頬に笑みを浮かべて、

「ちょっとした発想で物語は作れる。ただ肉まんや豚まんを食ったと書いても読者の興味を惹かんが、ドアを開けたことによって、寒さが幼いころの記憶を呼びさます。そこに物語が生まれてくるじゃろう」

「はい。ちっちゃいころのことを、いろいろ思いだしました」

「ひとはみな自分の物語のなかで生きておる。平凡な人生を送ってきた者であっても、過去を丹念に掘りさげていけば、新たな発見があるはずじゃ」

「あたしも自分の過去を振りかえってみます」

竹林はうなずいてから肩をすくめて身震いすると、

「もう寒くなった。ドアを閉めてくれ」

八 原稿の書きかた〈旨すぎるカレーとナポリタンの饗宴《きょうえん》〉

十一月下旬のその日、会議室で編集会議がおこなわれ、来年の出版計画が議題

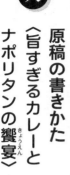

にあがった。編集者たちは担当作家が刊行予定の本や、依頼した原稿の進行状況を報告した。

和真は竹林とひなの本を出版計画に入れたかったが、ふたりとも原稿にとりかかっていないから、なんというべきか悩んだ。

竹林はともかく、ひなには来年の早い時期に本をださせたい。次の文聞社新人文学賞が決まる五月には刊行しないと旬をすぎたとみなされて――いや、すでにみなされているけれど、出版が困難になる。和真はそんな思いに駆られて、

「巣籠ひなの原稿も一冊にまとまる予定です」

ついそういったら、さっそく橋詰が噛みついてきた。

「まだプロットでもたついてるんだろ。もし書けたって話題性はないし、どっかで見たような話だろ。売れやしないよ」

「でも斬新なものになると思いますので、なんとか刊行する方向で――」

「そこまでいうなら予定に入れてもいいけど、書けなかったらあとはないよ」

「――はい」

「これから年末進行で忙しくなるんだから、自分の思い入れを優先して業務を怠らないように」

年末進行とは、出版社や印刷会社が年末年始の休暇に入るからスケジュールを前倒しして業務を進めることだ。新人の自分にとってははじめてだから、どのくらい忙しくなるのか不安だった。

編集会議が終わったあとデスクにもどって、ひなに電話した。彼女はバイト中だったが、ちょうど客が途切れていたらしく、すぐにつながった。

和真は、遅くとも来年五月には本をだしたいといって、

「大変だろうけど、このままだと出版のめどがたたなくなるかもしれないんだ」

「あたしもだらだらしすぎたんで、リミットを決めてもらったほうがいいです。ただ来年五月ってなると締切はいつですか」

「うちの会社の場合、五月上旬の刊行として二月末には原稿がほしいね」

「もうすぐ十二月だから、あと三か月しかないですよ」

「それでも、うちは締切が遅いほうだよ。大手の版元だと、刊行の四か月前が締切になるところもある」

「――わかりました。がんばります」

ひなは珍しく緊張した声でいった。

ひなを急かすのは心苦しいけれど、刊行の機会が失われるのはもっとつらい。

新人編集者の自分がデビュー前から担当した作家として、彼女の小説を世に送りだしたかった。

夜になって、第三十五回日本小説文芸大賞の授賞式とパーティがおこなわれた。場所は銀座の高級ホテルで、広々とした会場は業界関係者で埋めつくされた。主催は大手出版社だが、文聞社は奥乃院龍介に原稿を依頼しているとあって文芸編集部は総出で出席した。

会場には文聞社社長の藤原正兵衛もいて、他社の社長たちと談笑している。艶のあるハゲ頭で恰幅《かっぷく》がよく、いかにも経営者という雰囲気だ。藤原は編集者だったころ、竹林を担当していたから当時の話を聞いてみたかった。が、新人の自分が声をかけるわけにはいかない。

タキシード姿で壇上にあがった奥乃院龍介は、慣れた様子でスピーチをした。

「本日はこのような名誉ある賞を賜り、大変光栄です。思い起こせば、ぼくがはじめて賞をいただいたのは第二十四回大衆文学新人賞でした。そのとき最終候補に残ったのは、ぼくと竹林賢一郎さんでした。残念ながら受賞を逃した竹林さんは、最近お書きになっていないようで心配ですが――」

大衆文学新人賞とはエンターテインメントを対象にした賞だが、奥乃院と竹林が最終候補になったとは知らなかった。竹林は自分と対極的な奥乃院が受賞して、悔しい思いをしただろう。

奥乃院はめぼしい文学賞はほとんどとっているが、それでも受賞はうれしいらしく笑みがこぼれている。奥乃院がなにかいうたび、会場のあちこちから阿諛追従《あゆついしょう》の歓声や笑い声があがる。

橋詰に無理やり読まされた受賞作の『ぼくのなかの踊る女たちと風のない午後の憂鬱』は、なぜか女性にモテまくる主人公がふわふわした恋愛をするという、おなじみのストーリーだった。読むのは苦痛でしかなかったが、六十歳にもなって子どもじみた恋愛小説が書けるのは、やはり才能かもしれない。

パーティがはじまると文芸編集部の面々は橋詰を先頭に、奥乃院に祝辞を述べにいった。大勢の取り巻きに囲まれた奥乃院はこっちに軽く手を振っただけで、ほとんど無視していた。橋詰たち幹部はそれでもその場に残り、卑屈な愛想笑いを浮かべている。

奥乃院は酒は人生のむだだというくせに、こういう席で周囲が呑むのは黙認している。和真は若槻に連れられて、作家や他社の編集者にあいさつしてまわった。人気作家のまわりには人垣ができているが、売れない作家や無名な作家はぽつんと立っている。

「あのひと、やっぱりきてるな」

若槻がふと足を止め、ワイングラスを手にした中年男を顎で示した。白いスーツに赤いポケットチーフをさしたキザな服装に見おぼえがあるが、氏名が思いだせないでいると、

「ミステリー作家の大豪寺《だいごうじ》明察《めいさつ》だよ」

と若槻がいった。そういえば高校生のころ、文芸誌のグラビアでいまとおなじ服装の大豪寺を見たことがある。若槻によれば当時はベストセラーを連発したが、いつしか飽きられたという。よく見ると白いスーツはよれよれで、ところどころに薄いシミがある。

「大豪寺さんはぜんぜん売れてないのに、あの格好がいまもトレードマークで、こういうパーティにはぜったい顔をだす」

「どうしてでしょう」

「編集者と喋って仕事をもらおうとしてるのさ。プラス接待酒もたかる。ああなっちゃうと大豪寺明察なんて筆名はむなしいよな。あ、こっち見てるから早く逃

げよう」

大豪寺は笑顔で近づいてきたが、若槻に腕をひっぱられてその場を離れた。まるで疫病神のようなあつかいが気の毒だ。といって自分が担当したくはない。

立食のパーティ会場は、さまざまなひとびとでごったがえしている。大豪寺のように誰かを探して会場をうろつく者、料理が目当てでビュッフェテーブルに張りつく者、すでに酔っぱらったらしく粘っこい視線をあたりにむける者。銀座のバーやクラブの女たちが三次会や四次会の勧誘のため、露出度の高いドレス姿でゆきかう。

若槻と会場を歩いていると、背後から肩を叩かれた。振りかえったら黒縁メガネのずんぐりした男が笑っている。十月に文聞社から『恋愛探偵アイリの事件簿4』をだした愛川へてだ。若槻は愛川の前の担当だったくせに、そそくさとどこかへいった。

愛川は『恋愛探偵アイリの事件簿4』の打ちあげのとき、初版部数のすくなさを嘆いていたが、今夜は晴々とした表情で服装もこぎれいだ。

「いやー、インフルエンサーの力ってすごいね。ぼくのデビュー作の『下克上ですが、なにか？』があるだろ。あの小説を、ゐぬまろさんがツイッターで紹介してくれてね」

「ゐぬまろさん？」

「きみ、知らないの？　超イケメンでチャンネル登録者数が三百万人超えのユーチューバーじゃん。で、ゐぬまろさんがほめてくれたおかげで『下克上』がバカ売れしてさ。いきなり四万部増刷かかっちゃった」

「マジですか。よかったですね」

「うん。どこかの初版八千部とは大ちがいだよ」

「――すみません」

「これで来年結婚できるし、次の仕事の依頼もきてる。たくさん刷ってくれるなら『アイリ』の五巻目も書くから、よろしくね」

愛川は意気揚々として去っていった。

こういうことがあるから、本の売上は安易に予測できない。もっともユーチューバーがほめただけだから売上は一時的で、すぐに下降しそうだが、出版社もそれを織込《おりこ》みずみで増刷したのだろう。

パーティが終わると、橋詰と若槻は二次会でカラオケボックスにいった。奥乃院はストイックな生活を自慢していたが、歌うのは好きらしい。

ぞろぞろと二次会へむかう彼らを見送って、和真はひとり家路についた。ビュッフェの料理は食べる機会がなかったから空腹をおぼえて、立ち食いそばの店に入った。

せまいカウンターでは、疲れた表情のサラリーマンたちが黙々とそばを啜っている。彼らと肩をならべて味気ないそばを口にすると、不意にやりきれない孤独を感じた。大学生のころなら、こんなときは誰かに電話をかけるかラインをして、さびしさをごまかした。いま考えたらどうでもいい知りあいと、どうでもいい話を何時間も続けていた。しかし社会人になったいま、そんな相手はいないし無意味な会話をする元気もない。

竹林はこの前会ったとき、ひとはみな自分の物語のなかで生きているといった。いまここでそばを啜っている男たちも、きょうのパーティの参加者たちも、それぞれの物語を生きている。が、みんなひとりきりで、おたがいにわかりあうこともない。それがあたりまえだと思いながらも、切なさが胸を締めつけた。

それから何日か経って、ひなは新たなテーマとプロットを送ってきた。前回のテーマだった「不寛容社会が生んだ怪物」を「不寛容社会の闇、希望を喪失した若者、正義を振りかざすひとびとの恐怖」に変更し、プロットも複数ある。

彼女は電話口でまだ自信がないといって、

「プロットも絞りきれてないのに送りつけてすみません。でも締切まで時間がないから焦っちゃって――」

一作目の『うつろな箱』とあわせて一冊になるよう、枚数は二百枚くらいにしたいという。『うつろな箱』も加筆訂正せねばならないから、彼女にとっては、かなりハードなスケジュールになりそうだ。担当編集者として力になりたいが、自分も経験不足のせいで明確な指針を示せないのがもどかしい。年末進行で本格的に忙しくなる前に、竹林に意見を聞きたかった。


十一月最後の土曜、ひなと竹林宅を訪れた。

時刻はいつもとおなじ五時前だが、あたりは夜のように暗い。玄関の引戸を開けても、なぜかガブが出迎えにこない。キッチンで音がするから覗いてみると、竹林はキャベツを刻んでいて、

「おう、きたか」

無精髭《ぶしょうひげ》が伸びた顔をほころばせた。

「ガブちゃんはどうしたんですか」

「二階におる。いま手が離せんから上で待っとれ」

二階にあがると、ガブが出迎えにこなかった理由がわかった。畳に座ったガブに、真っ白でちいさな猫が寄り添っている。赤い首輪をしているから飼い猫のようだ。ガブは目を細めて熱心に白猫の顔を舐めている。

わー、かわいー、とひなが歓声をあげて、

「ガブちゃん、彼女できたんだあ」

「そうみたいだね」

ひなが『チャオ　ちゅ～る』を差しだすと、ガブは遠慮して白猫に食べさせている。あいかわらず女好きな猫だ。

やがて階下から香ばしい匂いが漂ってきた。竹林に呼ばれてキッチンにいったら、今夜のメニューはカレーライスとナポリタンと千切りのキャベツだった。いつもは酒の肴が多いから食事らしい食事は珍しい。

料理を二階に運び、三人はちゃぶ台を囲んでビールで乾杯した。ガブはまだ白猫の毛づくろいを続けている。和真が白猫について訊くと、

「近所の飼い猫じゃろう。十日ほど前にガブが連れてきおった」

「仲がいいですね」

「どうかの。白い奴は夜になると帰るから、ガブは不満そうじゃ」

「だけど、ずっとひとりより――」

いいですよね、といいかけたが、独り身の竹林のことを考えて口をつぐんだ。

カレーライスは黒に近い褐色でフライドオニオン、アーモンドスライス、干しブドウが載せてある。付けあわせは福神漬けとラッキョウだ。

カレーはスプーンですくったら汁気がほとんどなく、ルーは煮込んだ具材でもったりしている。どんな味なのか想像がつかなかったが、ひと口食べたら濃厚な玉ネギの旨みと甘み、スパイスの刺激が舌に広がった。フライドオニオンやアーモンドスライスや干しブドウといっしょに食べると、味の変化が楽しい。

ひなは隣で目を見張って、うおー、と妙な声をあげ、

「こんなカレーはじめて」

「カレー専門店『デリー』の『コルマカレー』じゃ」

と竹林はいった。『デリー』は銀座や上野に店をかまえる老舗で、ルーはネット通販で買ったレトルトだというが、本格的な味はレトルトとは思えない。

「通販の『コルマカレー』は肉が入っておらんから、牛挽肉を炒めてカレー粉を

足したものにルーを加えて軽く煮た。ルーは煮込むと香りが飛ぶから、沸騰する直前に火を止めるのがコツじゃ」

「この味がそんな簡単に？」

「レトルトにする前の仕込みに時間がかかっておるからな。『コルマカレー』は一人前につき玉ネギを一個から一個半も使い、焦がさないぎりぎりまで炒めてある。この濃厚な旨みと甘みをだすには、それだけの手間がかかる」

「フライドオニオンとアーモンドスライスと干しブドウは？」

「それは、わしのアレンジじゃ。最近のカレーでは見かけんが、昭和のレストランではトッピングによくついてきた」

「このカレーにすごくあいます」

「デリーでは『カシミールカレー』がいちばん人気がある。サラサラのルーで激辛じゃが、これも最高に旨い」

「わー、食べてみたいな」

とひながいった。次にフォークを手にしてナポリタンを食べたら、もっちりした太麵でケチャップの甘みがきいている。具はロースハム、玉ネギ、ピーマン、マッシュルームだ。ナポリタンのどこか懐かしく、こってりした味わいはカレー

に負けていない。これもお取り寄せかと訊いたら、

「うむ。横浜の老舗洋食店『センターグリル』監修の『横濱ナポリタン』じゃ」

竹林によれば、ナポリタンの発祥は横浜の『ホテルニューグランド』で、終戦直後にホテルがGHQに接収されていたころ、当時の料理長が米兵にふるまったのがはじまりだ。もっともそれに使われたのはトマトソースで、ケチャップを使ったナポリタンは『センターグリル』が元祖らしい。

「これに使われておるのは『ボルカノ』というブランドの二・二ミリの極太麵じゃ。冷凍で売っておるから、レンジで加熱するだけで作れる。わしはそれに具材とバターを足してフライパンで炒めた。炒めたほうが昔の喫茶店風のナポリタンになるからの」

竹林は粉チーズとタバスコを麵の上にたっぷり振りかけて、

「本格的なパスタならイタリア産のパルミジャーノ・レッジャーノを使うが、ナポリタンは粉チーズがいい」

粉チーズはアメリカ産の『ロリーナ　パルメザンチーズ』で容器がやけに大きいから、ひと振りでたくさん粉チーズがでる。さらにタバスコをかけたら、コクと辛さが増してビールにもあう。

「旨い。旨すぎるっ」

今夜のひなは早くもそういって、カレーとナポリタンを交互に食べている。千切りのキャベツはただ切っただけかと思ったら、甘酸っぱいタレがかかっていてダシの旨みがある。カレーとナポリタンが濃い味だけに口がさっぱりして、新たに食欲が湧く。このタレはなにか竹林に訊くと『くばら』というメーカーの『キャベツのうまたれ』だといった。

「博多の焼鳥屋では、酢醤油が入ったタレをかけたキャベツをつまみにだす。そのタレに焼きあごのダシなどを加えて商品化したのがこれじゃ。博多の焼鳥屋はキャベツをざく切りにするが、このキャベツは冬に収穫される寒玉キャベツで身が締まっておるから、口あたりがいいよう千切りにした」

「いままでずっと先生に訊きたかったんですけど――」

ひながそういったら、なんじゃ、と竹林がいった。

「先生はどうして料理にこだわるんですか」

「自分でもよくわからん。食いしん坊なのはたしかじゃが、それだけではない。料理をしたり、誰かに食べさせたりすると気持が落ちつく」

「どうして落ちつくんでしょう」

「前に紹介した檀一雄は『檀流クッキング』や『わが百味真髄』という名著を書くほど料理好きで、いつも大勢の来客に手料理をふるまっておった。坂口安吾はそれについて、檀が料理を作るのは狂気を防ぐためだといった」

「頭がおかしくなるのを料理で防ぐってことですか」

「うむ。檀は料理に心のやすらぎを求めていたとおぼしい。坂口安吾と太宰治は酒と薬物にそれを求めて依存症になった。わしは三人の足元にもおよばんが、やはり料理に心のやすらぎを求めているのかもしれん。作家は常識人であっても、創作の過程で狂気に足を踏みこまざるをえない。常識人のままでは犯罪や禁忌《タブー》をおかす異常な心理は描けんからの」

「作家は感性が鋭いから、ふつうのひとより精神が不安定になりそう。その点、あたしは感性が鈍いもんなあ」

「それは心配いらん。感性は知識や経験によって磨かれていく」

竹林が料理にこだわるのは、精神を安定させるためなのか。もっとも竹林は狂気に足を踏みこむほど書いていないが、料理を作って食べることで、さまざまなストレスを解消しているのかもしれない。

カレーとナポリタンとキャベツのローテーションは飽きがこず、ビールを呑みながら食べ続けると満腹になった。

竹林も満腹のようでビールだけで酒を切りあげて、

「こういう料理も旨いが、つい食べすぎて酒があまり呑めんのが難点じゃ」

大あくびをしたから、ひと眠りする危険信号だ。

ひなにテーマとプロットを印刷した紙をださせて、用件を切りだした。

「実はひなちゃんの本を、来年の五月上旬に刊行したいんです。でも締切が二月末だから、もう時間がなくて――」

竹林はテーマとプロットを一瞥《いちべつ》して、まだまだじゃな、といった。

「しかし締切まで、あと三か月もある。今年いっぱいプロットを練って年明けから書きはじめれば、余裕でまにあう」

「じゃあ、二か月で二百枚書くってことですね」

「このあいだ、月産千枚を超える作家たちの話をしたじゃろ。それにくらべりゃ、どうってことはない」

でも、とひなが不安げな面持ちでいって、

「あたしは一作目を書くのに、五か月くらいかかりました。たった百枚なのに」

「はじめはそんなもんじゃろうが、プロになるんなら、もっとペースをあげねばな。一日五枚書けば四十日で二百枚じゃ」

「先生は最高で一日何枚くらい書いたんですか」

和真が訊いた。わしは筆が遅いほうじゃが、と竹林はいって、

「書くにつれてピッチがあがってくる。後半は一日に四、五十枚くらいかの」

「そんなに――あの一本指でキーボードを打ってですか」

「それでじゅうぶん。小説を書くのに、事務作業みたいなスピードはいらんといったはずじゃ」

「だったら、その調子でお原稿をぜひ――」

「ボールは、まだおまえさんにあるぞ。ぱーっと売れる本はどうした？」

「それは思いつきません。ていうか、誰だって思いつかんって、先生もいったじゃないですか」

「わしは外国人女性の筆名でやるといったが、おまえさんがだめだといった」

「それはもういいですから、真剣に考えてください。ぼくは先生とひなちゃんの本をだすのが夢なんです」

「だから書かんとはいってないじゃろ」

「それはそうですけど——」

「わしは尻に火がつかんと動かんからの。前にいったとおり、あと二年くらいはふらふらしとって大丈夫じゃ。旨いものも食えるし家賃も払える」

和真はひなと顔を見あわせてから、家賃？　といった。

「ここは持ち家じゃないんですか」

「いや、賃貸じゃ」

「賃貸なのに、どうしてこんな辺鄙な場所に——」

「静かな環境で家賃が安いからの」

「安くても家賃がかかるんだったら、もっと稼がなきゃだめじゃないですか」

「よけいなお世話じゃ。賞金を一億くらいくれる賞でもあれば応募するがの」

賞と聞いて、竹林が奥乃院龍介と大衆文学新人賞の最終候補に残ったというエピソードを思いだした。それをうっかり口にすると、竹林は眉間に皺を寄せて、

「あの野郎、スピーチでわしのことをいったのか」

「はい。最近お書きになっていないようで心配ですが、と——」

「ふざけやがって。作家としてのデビューはわしのほうが早いから、あいつは新人のころ、わしを先輩先輩と慕ってきた。わしもそれなりに面倒をみたが、あい

つは大衆文学新人賞の候補になりそうだと聞くと、選考委員の大物作家に媚《こ》びへつらったうえに、やはり候補になりそうなわしを蹴落とそうとして、悪質なデマを流しおった。わしに盗作癖があるとか、選考委員の悪口をいっておるとか――」

「うわ、エグい。いまでいうネガキャンですね」

「あいつは大衆文学新人賞を受賞するなり知らん顔で、わしには洟《はな》もひっかけん。ずっとあとになって、なにかのパーティで顔をあわせたとき、デマを流した件でぶん殴ろうとしたが、取り巻きどもに邪魔された。あいつが体を鍛えだしたのは、それからよ」

けけけけけ、と竹林は怪鳥のような声で笑った。

「奥乃院先生とそんな確執があったんですね。先生は以前、奥乃院くんはわしよりはるかに才能があるっていわれましたけど――」

「ひとを出し抜く才能を含めてじゃ」

「でも悔しいですね。奥乃院先生はあんなに賞をもらって、軽井沢に別荘まで持ってるのに」

「わしは自分を他人をくらべんといったはずじゃ。あいつにはむかつくがの」

「だったら書いてください。ぼくは奥乃院先生の小説より、先生の小説のほうが断然好きです。だから先生の新作がなんとしても読みたいんです」

「ごちゃごちゃいわれんでも、やるときはやる。わしはまだ本気だしてないだけじゃ」

「そんな――こじらせた中二病みたいなこといって、どうするんですか」

「ほんとのことをいっただけじゃ」

このおやじはああいえばこういうが、ひとり暮らしで歳も歳だし、もっと交通の便がいいところに越したほうが安心だと思う。恐る恐るそういうと、

「街中に越したら、ガブの遊び場がなくなるじゃろうが」

「家猫は外にでなくても大丈夫みたいですよ。それに、先生もさびしいでしょう。ずっとガブちゃんとふたりきりじゃ」

「なにがさびしいもんか。わしは想像の世界で遊べるし、本を開けば、いまは亡き文豪たちと話もできる。それに飽きたら、呑みにでもいくさ」

あ、わかった。ひながぱちんと手を叩いて、

「先生には松子ママがいますもんね」

「な、なにをいいだすんじゃ。ママとはなんでもない」

竹林はうろたえた表情で、わけもなくメガネをかけなおし、

「小説の話をするんじゃないのか。そうでなければ、わしはもう寝るぞ」

ひながくすりと笑って、いえ、質問があります、といった。

「原稿の書きかたに決まりはありますか。まだプロットもできてませんけど、いまから意識しておきたくて」

竹林はごほんと咳払《せきばら》いをして、決まりはない、といった。

「作家それぞれの書きかたがある」

「先生の場合は？」

「まず文章を平明にする。漢字や語彙は中学生でもわかる範囲でいい」

「誰でも読めるようにですか」

「それもあるが、簡単なことをむずかしく書くのは、たいてい中身が薄い。自分でよくわかっとらんから、凝った言いまわしや難解な表現でごまかしてしまう。むずかしいことを簡単な言葉で書くのがプロの作家じゃ」

「このあいだ教えてもらった『氷山理論』のようなことですね。水面下が充実してるから、むずかしいことを簡単な言葉で説明できる」

「うむ。次に原稿を書くとき、情景を頭に思い描いて、それを写しとることじ

や。いつ誰がどこでなにをしているのか情景が浮かんでないと、読者にもイメージが伝わらん。場面場面を、映画のワンシーンを撮影するつもりで書く」

「そっか。カメラワークって考えたら、わかりやすい。ただ、どこまで書けばいいのか迷うんです。登場人物の容姿とか、くわしく書いたら長くなるんで――」

「必要に応じて要点を書けばいい。細かく描写しすぎると文章がだれる。要点だけ伝われば、あとは読者が想像力で補完してくれる」

「たしかに小説を読んでるとき、登場人物の容姿や情景を勝手に想像してます」

「それらをうまく書くには、地の文を洗練させることじゃ」

「地の文って会話じゃないところですよね」

「地の文は情景描写、心理描写、場面転換や時間経過など、さまざまな説明をおこなう。すべての小説は地の文と会話で成り立つが、そのバランスが大事じゃ。地の文が多いと読みづらくなり、会話ばかりだと文章が軽くなる」

「最近の若手作家の小説は、会話ばかりなのが多いです」

と和真がいった。

「会話で話を進めていくのは、もっとも安易な方法じゃ。読みやすいが、薄っぺらで心に残るものがない。しっかりした地の文があってこそ、会話が活きてくる」

「地の文を上手に書くコツはありますか」

「基本的なところでは、漢字の閉じ開きじゃの」

「漢字の閉じ開き？」

「閉じるは漢字にすること。開くはひらがなにすること」

と和真は口をはさんで、ですよね先生、といった。竹林はうなずいて、

「漢字だらけでも、ひらがなだらけでも読みづらいから、視覚的な読みやすさを考える。いまはパソコンがあるせいで、自分では書きもしない漢字を多用する奴が多い。ふだん使わない漢字は特別な理由がない限り、小説でも使わなくていい。紙に手書きするときは、是非とか何故とか宜《よろ》しくとか書かんじゃろう」

「メールやラインでそういう漢字使うひといますけど、文字を変換したのをそのままにしてるんでしょうね」

「素人はそれでもいいが、プロは自分の文体を持たねばならん。そのために自分なりのルールを作る」

「自分なりのルールとは？」

「私をわたしにするか、明日をあしたにするかといった漢字の閉じ開きから、振

り込みを振込み、もしくは振込にするかなど送り仮名を決める。句読点の打ちかたひとつとっても、その作家なりのルールがある」

「ぼくもそのへんは校正で苦労します。新人作家は表記のゆれがあって統一されてないから」

「あたしもときどきぶれてます。ちゃんと気をつけよう」

「文体は小説によって使いわける。軽いタッチで書く場合と重々しく書く場合とでは、漢字の閉じ開きからセンテンスの長短まで細かく変えて書く」

「そんな高度なことができるようになりたいです」

「あとは一人称と三人称の選択とか、読みやすい改行を心がけるとか、なるべく主語を省略するとか、表現の重複を避けるとか、擬音語は最小限にするとか、やるべきことはいくらでもあるが、ぜんぶ話しておったら夜が明けてしまう。きょうは、ここまでじゃ」

竹林はまた大あくびをして寝転がった。

九　小説の奥義〈簡単調理でプロ顔負けの鰻と水炊き〉

十二月に入ると、年末進行で土日も休めないほど忙しくなった。
締切をすぎた原稿の催促や入稿、初校や再校のチェック、印刷会社やデザイナーとの交渉、年明けにでる本の校了といった業務に加えて、作家をまじえた忘年会がある。和真の担当作家は軽い接待ですむが、担当以外の人気作家や大物作家の忘年会に駆りだされ、あれこれ雑用を命じられる。そのあと残った仕事を片づけに会社にもどるから、へとへとになる日が続いた。
いちばん大変だったのは月刊文芸誌『小説文聞』の編集者がひとり突然退職し

て、その仕事まで押しつけられたことだ。なぜ突然辞めたのか理由ははっきりしなかったが、内緒だぞ、と若槻は声をひそめて、

「どうも編集長と揉めたらしい。このクソ忙しいときに引継ぎもしないで辞めたのは、編集長と会社に対する嫌がらせさ」

自分がなぜ嫌がらせのとばっちりを食うのか不満だった。

一月にでる『小説文聞』の締切は十二月九日で、台割と呼ばれる誌面の内容はすでに決まっている。和真は、辞めた編集者が担当していた作家の原稿を受けとり、初校と再校のゲラをだして校了するのが仕事だ。

和真が担当することになった作家の何人かは、締切をすぎたのに原稿を送ってこない。催促しても返事があったりなかったりで不安に駆られる。

もっとも『小説文聞』のような月刊誌は、作家の原稿が遅れるのを見越して、締切はすこし余裕を持って設定してある。ほんとうにぎりぎりの締切は「デッド」と呼ばれ、これをすぎると掲載が困難になる。いわゆる原稿を「落とした」状態で、そのままでは誌面に穴があく。

『小説文聞』の仕事を押しつけてきた橋詰は、これもいい経験だろ、といって、

「いつも締切にまにあわせる作家と、いつも遅れる作家がいる。遅れる作家はデ

ッドがいつか知ってて余裕かましてる。きみは新人だから必死で催促すれば、むこうも焦るよ」

無責任な台詞に腹がたったが、橋詰には逆らえないから我慢するしかない。もうひとつ気がかりなのは、ひなのことだ。

ひなとは竹林宅にいって以来、会っていない。メールで進行状況を訊いた限りではがんばっているようだが、年内にプロットを固めないと本気でやばい。

二月末までに、はたして書きあげられるのか。原稿が完成しても橋詰のチェックをクリアしないと刊行はできない。最悪の場合はボツになる。しかし仕事が忙しすぎて、手助けするひまもないのが心配だった。

実家の母からは、年末年始はいつ帰ってくるのかと呑気《のんき》な電話がある。

「しばらく会ってないから、早く帰っておいで」

「うん」

「和真が作った本が見たいって、とうさんがいってるよ」

まだ自分が編集を手がけたといえる本はないから、気乗りはしない。が、実家には盆休み以来帰っていないから、顔をださねばならないだろう。

会社の行き帰りに通る街角にはクリスマスソングが流れ、暮れの気配が漂っている。大学生だった去年は冬休みのことばかり考えていたが、いまは仕事に明け暮れて時間だけが経っていく。

十二月のなかばをすぎたころ、ひとりの作家をのぞいて原稿が出そろい、無事に校了まで持っていけた。遅れているのは早杉敏《はやすぎびん》という三十代なかばの作家で、いままでの連載は順調だったらしい。ところが今回は催促するたび、もうすこし待ってほしいとメールが送られてきた。

文芸誌の多くは小説に挿絵がある。挿絵はイラストレーターが原稿を読んで描き起こすから、原稿が遅れるとやっかいだ。しかし『小説文聞』は経費削減のため、数年前に挿絵はなくなったそうだから、その心配はしなくていい。

いつも締切に遅れる作家は、電話やメールをしても無視することがある。その点、早杉はちゃんと連絡がとれるだけに心配していなかったが、甘かった。デッドをとっくにすぎた二十三日になっても原稿がこないから、さすがに焦っていると早杉からメールがあって、

「ご迷惑をかけてすみません。あしたじゅうには必ず送ります」

二十四日と二十五日は土日で印刷会社は休みだが、二十四日じゅうに原稿がくるのなら日曜に入稿するしかない。印刷会社に無理をいって、日曜の朝イチ――

九時から作業をしてもらうことにした。早杉には、あしたじゅうに原稿をもらえないと、完全にアウトだと念を押した。

翌日の二十四日は土曜のうえにクリスマスイヴとあって文芸編集部はみんな休んで、和真ひとりが出勤するはめになった。イヴといっても予定はないが、自分だけ仕事なのは頭にくる。ずっと寝不足で疲れが溜《た》まっているだけに、きょうはゆっくり眠りたかった。

午後、がらんとしたオフィスで早杉の原稿を待っていたら、ひなから新たなプロットが送られてきた。思ったよりも早く完成したようだから、うれしくなって彼女に電話した。

「ぼくはすぐ読むけど、竹林先生にも見てもらおう」

「はい。実は、もう先生に連絡したんです」

「えっ」

「早く目を通してほしかったからメールで送りました。そしたら、きょうきてくれって」

「きょうかあ。きょうは会社なんだよ」

ひなにひとりで竹林宅へいってもらおうかと思った。が、早杉が原稿を送ってくるのはきょうじゅうだから、何時まで待つのかわからない。下手すれば深夜になるだろう。どうせ入稿はあしたの朝なのに、せっかくのイヴを会社ですごすのはむなしいし、ひなもねぎらってやりたい。

いや、正直にいえば会いたかった。

早杉が連載している原稿は五十枚だから、読むのにたいして時間はかからない。律儀に会社で待っていなくても、職場のパソコンに原稿が送られてきたら、スマホで内容をチェックして印刷会社に転送すればいい。そう考えると、にわかに気持が晴れてきて、やっぱりいくと返事をした。

竹林宅へいくのはいつもの時間だから、それまで会社にいてひなのメールを読んだ。タイトルは『顔のない善人たち（仮）』、テーマは前とおなじで『不寛容社会の闇、希望を喪失した若者、正義を振りかざすひとびとの恐怖』だった。

プロットを読むと、主人公ははたちの女性でフリーターだ。バイトを転々とするうちに将来に希望が持てなくなった彼女は、いまの政治や社会に問題があると思うようになる。

彼女はそうした問題をツイッターで発信し、おなじ意見のひとびととネットで交流する。しだいに多くのフォロワーや仲間ができて、孤独な生活から抜けだした。彼女たちはみな自分たちが正義だと信じ、意見が対立する相手に誹謗中傷を繰りかえす。

やがて仲間のひとりが相手の住所氏名を特定したのをきっかけに、誹謗中傷はエスカレートして、自宅や職場への陰湿な嫌がらせにおよぶ。その結果、相手は不可解な死を遂げるが、自分は正義だと信じる彼女たちは反省もなく、次の生贄《いけにえ》を吊るしあげる。

ところが、そこで思わぬ事態が発生し、こんどは彼女が窮地に陥るというあらすじで、以前にくらべてだいぶまとまっている。あとは竹林がなんというかだ。

ＪＲ神田駅でひなと合流すると、彼女はショートケーキの箱をさげていた。

「先生は食べそうもないけど、今夜はイヴだし、いつもごちそうになってばかりだから――」

「そうだね。じゃあ、ぼくはフライドチキン買っていこうかな」

「いまからじゃ人気の店は買えませんよ。それにフライドチキンとなると、先生はこだわりがあるんじゃないですか」

たしかに文句をいわれそうな気がして、なにも買わなかった。

高尾へむかう電車のなかでプロットの感想をいうと、彼女は喜んで、

「先生にダメ出しされたから、自分なりにがんばったとはいいませんけど、いままでの何倍も考えました」

「その調子だよ。ずっと大忙しで連絡できなかったから、心配してたんだ」

「ありがとうございます。でも、まだ仕事が残ってるんでしょう」

「うん。ひとり原稿が遅れてる作家がいて、かなりやばいんだよ」

早杉のことを話したら、ひなは溜息をついて、

「作家って、なってからも大変ですね」

「編集者も大変だよ。こうなると待つことしかできないから」

ときどきスマホでパソコンのメールを確認したが、早杉の原稿は届いていなかった。

高尾駅の駅前はふだんどおり静かだが、イヴだけにちらほらイルミネーションが灯っていた。けれども竹林宅へむかう山道は街灯のほかに明かりはなく、冷え冷えとした風が吹きつけてくる。

寺や墓地のそばを通って古びた二階建ての家に着いた。ここへ通いはじめたのは八月下旬だから、もう四か月が経つと思ったら感慨深い。ぼんやり明かりが漏れる引戸を開けたら、上がり框にガブと白猫がならんで座っていた。

「あら、シロちゃんもきてたのー」

ひなが文字どおり猫撫《ねこな》で声《ごえ》でいった。いつのまにか白猫はシロちゃんになったらしい。二匹はひなに『チャオ　ちゅ～る』を一本ずつもらって、喉をごろごろいわせた。

こんばんは、と室内に声をかけたら、珍しく二階から返事があった。ひなは買ってきたショートケーキをキッチンの冷蔵庫にしまった。

それからふたりで二階にあがると見慣れたちゃぶ台のかわりにコタツがあり、丹前――俗にいうドテラを羽織った竹林が口をへの字に曲げて頰杖《ほおづえ》をついていた。

「まあ座りなさい」

不機嫌そうな表情に緊張しつつ、和真とひなはコタツに入った。コタツの上にプリントアウトされたひなのプロットが置いてある。竹林はそれを顎で示して、まああじゃの、と頰をゆるめた。

「これで原稿にかかれるな」

「よかったあ。ありがとうございますっ」

ひなが弾んだ声をあげた。竹林はうなずいて、

「タイトルは『顔のない善人たち（仮）』とあるが？」

「はい。ほかに『善きひとは闇に群れる』と『善きひとの群れ』っていうのを考えたんですけど、どれにするか決められなくて――」

「書きながら、もっと考えればいい。タイトルには広がりがほしい」

「広がり、ですか」

「タイトルは読者にイメージを喚起させることが必要じゃ。一番目の案は匿名で正義を押しつけてくる者、二番目は善人ぶった正義漢が闇――やはり匿名で群れをなし、気に食わない者を叩くという意味にとれる。三番目はタイトルだけでは善人の群れとしか読みとれんが、正義を振りかざすひとびとの恐怖を描くのに対して皮肉をきかせたわけじゃ」

「そのとおりです」

「一番目は使えそうだし二番目も悪くはないが、ややタイトルで説明しすぎるきらいがある。その点、三番目は簡潔なぶん広がりがある。言葉は多すぎないほう

がイメージがふくらむ」

「じっくり検討します。あー、いよいよ本番だと思うと緊張しちゃうな」

竹林はメガネを中指で押しあげると、皺深い目を細めて、

「ならば、小説の奥義を教えよう」

「小説の奥義？」

ひなが目を見張った。和真も思わず身を乗りだした。

「まず寝ても覚めても、ひたすら原稿のことを考える」

と竹林はいった。

「そして毎日必ず書く。はじめは数枚しか書けんじゃろうが、あきらめずに書く。それを一週間、二週間、三週間と続けていると、頭のなかが小説のことで埋まっていく」

「休んだら、だめですよね」

「ときどきは休んでいい。しっかり集中しておれば、パソコンを離れているあいだも脳は考え続けておる。小説のことを夢にまで見るようになれば、しめたもんじゃ。ある時期から言葉が、文章が、奔流のように浮かんでくる」

「ほんとですか」

「おまえさんも百枚の原稿を書いたとき、それに近いことが起きたじゃろ」

「いわれてみれば、ラストが近づいたころは夢中で書いてました」

「延々と書き続ければ、なにかが頭におりてくる」

「なにかって――」

「なにかとしか、いいようがない。強いていうなら、小説の神様みたいなものじゃ」

「すごい。小説の神様がおりてくるなんて――」

「ただし残念なことに、この神様は傑作を書かせてくれるとは限らん。無我夢中で書きあげても、あとから冷静になって読んだら駄作のこともある」

「駄作じゃ困るな。せっかく神様がおりてきたのに」

「神様は気まぐれじゃからの。書く力は与えてくれるが、中身までは保証してくれん。読みかえして出来が悪いなら、書きなおすしかない。とはいえ神様がおりてくる体験を重ねるのが大事じゃ。ほとんどの作家は、おなじようなプロセスをたどって原稿を書いておる」

「そうなんですね。あたしにも神様おりてくるかな」

「必ずおりてくる。が、そのためには外界を遮断して、ひとりきりで一心に書き続けねばならん。作家は孤独に耐える仕事じゃ」

　和真は日本小説文芸大賞のパーティの帰りに、やりきれない孤独を感じたのを思いだした。それを口にすると、竹林はうっすら笑みを浮かべて、孤独を感じるのはいいことじゃ、といった。

「若者は往々にして孤独と退屈を履きちがえておる。ちょっとでも退屈すると、遊び相手や話し相手を見つけて時間を潰そうとする」

「ぼくも学生のころはそうでした。退屈したら誰かに電話やラインで連絡をとって——」

「あたしもです。いつも誰かとつながってないと、さびしくて不安で——」

「若いときは気づかぬことが多いが、自分が思っているほど他人はこちらに興味がない。実は自分も他人にそれほど興味はない。にもかかわらず、退屈を埋めようとして他人とつながろうとする。その結果、期待はずれに終わると、ますますさびしさがつのる」

「あー、そういうことってあるー」

「今回のプロットに書いた主人公は、自分が将来に希望を持てないのは政治や社会に問題があると思うじゃろ」

「はい。それをツイッターで発信して――」

「政治や社会に問題があるのは事実だし、改善していかねばならん。しかし個人的な不平不満を政治や社会の問題にすりかえるのは、責任転嫁じゃ。他人に期待するから、さびしい思いをする。あるいは冷たくされたと思う」

「じゃあ、他人に期待するなってことですか」

「うむ。他人に期待しなければ、すべて自分でやるしかない。したがって誰を怨《うら》むこともない。それなのに不平不満を他人のせいにするから、ひとを怨んだり妬んだりして愚痴ばかりの人生になる」

「ネットで誹謗中傷ばかりしてるひとって、そんな感じかも」

「小人閑居して不善をなす、と中国の古典にある。器のちいさい人間がひまを持てあますと、ろくなことはせん」

「ネットで誹謗中傷するのも相手を攻撃したいだけじゃなく、退屈してるから誰かとつながりたいんでしょうね」

「そもそも教養が足らんから退屈する。ひまがあったら、歴史に名を刻むひとびとの本を読めばいい。人類は数千年のあいだ、先人の知恵を本で学んできた。ひとが生きるうえでの悩みは、そこに答えがでておる」

「うーん、そういうことか」

「いまは本でなくても、ネットに膨大な情報が詰まっておる。学ぼうと思えば、どんなことでも学べる。にもかかわらず、ひまを持てあまして他人を貶め、うさ晴らしをするのは無知蒙昧《むちもうまい》の輩《やから》じゃ」

「でも他人になにも期待しないっていうのは、すこし冷たい感じもしますけど」

と和真がいった。ぜんぜん冷たくない、と竹林はいって、

「他人に甘えるなとはいっておらん。誰かに助けてもらったら、すなおに感謝すればいい」

「じゃあ自分はどうすれば――」

「他人に期待しないだけで、こちらがなにかしてやるのはかまわん。だが、それは自分が好きでやったことであって、見返りを求めてはならん。相手に恩を着せるから、裏切られたと感じる。ひとのために平気で損をする覚悟があってこそ、ほんとうのやさしさといえる」

「ひとのために平気で損をするって大変だけど、それができるひとってかっこいいですね」

あたしもそう思います、とひながいって、

「さっきの話にもどりますけど、孤独と退屈はどうちがうんでしょう」

「退屈はひまを持てあますこと。孤独とは自分とむきあうことじゃ」

「自分とむきあうこと――」

「自分の本心を知り、価値観や考えを見つめなおす」

「このあいだ豚まん食べたとき、過去を丹念に掘りさげていけば、新たな発見があるって先生がいいましたよね。あれもそうですか」

「うむ。自分を縛っている過去を解き放ち、みずからの哲学を持つ。哲学というとむずかしく聞こえるかもしれんが、要は自分がどう生きるか、どう生きたいかを探究する。その延長線上に小説をはじめ、さまざまな創作活動がある」

「自分の哲学が作品に反映されるってことですね」

「そのとおり。発明王のトーマス・エジソンは、最上の思考は孤独のうちになされ、最低の思考は混乱のうちになされる、といった。つまり孤独でなければ、いい小説は書けんのじゃ」

「孤独って切ないものだと思ってましたけど、そんなメリットがあるんだ」

と和真がいった。

「ひとは本来孤独なものじゃが、それに気づいてない者が多い。たとえ大勢にちやほやされていても、真に心を許せる者はごくわずかしかおらん。金や人気がある人間に群がってくるのは、ほとんどが欲得ずくの連中じゃからの」

「孤独でいいんだって思うと、気が楽になりました」

「あたしも」

「ドイツの哲学者、アルトゥール・ショーペンハウアーは、孤独はすぐれた精神の持ち主の運命である、といっておる。創作に携わる者は、誇りを持って孤独な作業に没頭することじゃ」

竹林はそこで立ちあがって、ぼちぼち飯にしよう、といった。


和真とひなは例によって二階で待たされた。しばらくして、できたぞー、の声でキッチンにいき、ビールや料理を運んだ。きょうのメインメニューは鶏の水炊きと鰻の蒲焼という豪勢だが、変わった取りあわせだ。

ビールで乾杯したあと、イヴだから豪勢にしたのかと竹林に訊いたら、

「わしはイヴも正月も関係ない。好きなときに好きなものを食う」

「だけど水炊きは鶏ですよね。イヴだからチキンにしたとか」

「イヴにチキンを食うのは日本だけじゃが、おまえさんたちカップルは食いたいか

ろうと思ってな」

「カ、カップルって、そういうのじゃないですよ」

うろたえて隣に目をやると、ひなの丸顔がほのかに赤くなったように見えて、ますますうろたえた。ひひひひひ、と竹林は愉快そうに笑って、土鍋を載せたカセットコンロに点火すると、

「水炊きが煮えるまで鰻を食うといい」

鰻の蒲焼は肉厚でひとり半尾もあり、紅ショウガが添えてある。

「冬に鰻って珍しいですね。土用の丑《うし》の日に食べるのは有名だけど」

ひながそういったら竹林は首を横に振って、

「土用丑の日に鰻を食うようになったのは江戸時代の学者、平賀源内のでっちあげじゃ」

「でっちあげ？　平賀源内って、エレキテルとか発明したひとですよね」

「うむ。あるとき平賀源内は、売上がさがる夏場に鰻を売る方法はないか鰻屋に相談された。そこで平賀源内が『本日、土用丑の日』と店頭に書かせたところ、大繁盛したといわれておる。当時は『食い養生』と呼ばれる風習があり、丑の日に『う』がつくものを食べると体にいいとされておった。つまり鰻もそうじゃ。

これについては諸説あるが、夏場に鰻が売れなかったのは事実じゃろう」

「なぜ夏場は鰻が売れなかったんだろ」

「天然鰻の旬は秋から冬にかけてで、夏場は脂が乗ってなかった。いまは養殖がほとんどじゃから、一年を通じて味はたいして変わらんがの」

竹林は緑色の缶に入った粉山椒《こさんしょう》を蒲焼に振りかけて食べはじめた。おなじようにして食べてみると、ほどよく脂が乗った身はふっくらして香ばしい。旨みたっぷりのタレを粉山椒のぴりっとした辛さがひきたてる。紅ショウガは口をさっぱりさせて箸休めにぴったりだ。

「鰻なんてめったに食べられませんけど、お店の味と変わりませんね」

「何度か接待で食べた鰻より美味しいかも。まさか、これもお取り寄せですか」

と和真は訊いた。うむ、と竹林はいって、

「これは『うなぎ屋かわすい』という専門店の鰻じゃ。鰻の身は大きいが、国産のニホンウナギを使い、季節によって最適の産地を選んでおる」

「スーパーの鰻って臭みやえぐみがあることが多いけど、これはそういうのがまったくないですね」

「鰻は川魚じゃから、たいてい臭みがある。しかし『うなぎ屋かわすい』では、臭みをのぞくために徹底してドロ抜きをしておる。スーパーの鰻にえぐみがあるのは工場でパック詰めするとき、見栄えをよくしようとタレを塗るからじゃ。このタレが時間の経過とともに劣化して、えぐみの原因になる」

「へー、そうだったんだ」

「この鰻は冷凍の真空パックじゃから、身もタレも鮮度は劣化しない。真空パックを湯煎して簡単に作れるが、わしは『うなぎ屋かわすい』お勧めの網焼にした。よく熱した網で焦がさないよう、じっくり皮から炙り、皮がぱりっとしてきたら身くずれに気をつけて二、三度ひっくりかえすだけでいい」

「冷凍でこんなに美味しいとは驚きです。それに、この山椒の香りと辛みがいいですね」

「山椒は『飛騨《ひだ》山椒』の『山椒粉』じゃ。奥飛騨《おくひだ》特産の『高原《たかはら》山椒』を手摘みで収穫し、陰干しのあと天日干しして、杵《きね》と石臼でついて仕上げる」

カセットコンロの上で水炊きの土鍋が煮えてきた。竹林は火かげんを弱めて、

「もう食べごろじゃの。それにつけて食うてみい」

ポン酢と柚子《ゆず》胡椒《こしょう》が入った小鉢を顎で示した。鍋の具は鶏肉《とりにく》、つくね、大ぶりのシメジ、大量のニラと至ってシンプルだ。まず鶏肉をポン酢につけて食べた

ら、みずみずしい鶏の旨みとコク、柑橘系《かんきつ》の香りとほどよい酸味が入り混じって、こたえられない旨さだ。

つくねは嚙むと肉汁があふれ、大ぶりのシメジはぷりぷりした食感で味が濃く、ブナシメジとは別物だ。さらに大量のニラが白濁して濃厚なスープと最高にあう。柚子胡椒は具材につけると、鮮烈な辛さに味わいが増す。

「こんなに美味しい水炊きって、はじめて食べました」

和真はお世辞抜きでいった。鍋の湯気でメガネを曇らせた竹林は、食材がずば抜けておるからの、といった。

「鶏肉とつくねとスープは、博多の水炊き料亭『博多　華味鳥《はなみどり》』から取り寄せた。『華味鳥』は専用の飼料と平飼いの鶏舎《けいしゃ》で、独自に育てられた銘柄鶏じゃ」

「この鶏肉やつくねも冷凍ですか」

「うむ。冷凍でも、そのへんの鶏肉とは旨みと歯応えがちがうじゃろ」

「ぜんぜんちがいます。それとシメジもすごく旨いです」

「それは『京丹波　大黒本《だいこくほん》しめじ』じゃ。昔から『香り松茸《まつたけ》味しめじ』というのはブナシメジではなく、この本シメジをさす。栽培がむずかしく市場にはあまり出回らなかったが、京都の『瑞穂《みずほ》農林』という会社が大規模栽培に成功した」

「このポン酢と柚子胡椒も、めちゃくちゃ美味しい。どこが作ってるんですか」

ひなが訊いたら、ポン酢は大阪の『旭《あさひ》ポン酢』じゃ、と竹林はいった。

「徳島産のスダチ、北海道産のコンブなど素材にこだわっていて、関西では絶大な人気がある。柚子胡椒は『高山物産』の『ゆずごしょう』。福岡県奥八女《おくやめ》の山のなかで、無農薬の柚子の皮、青唐辛子、天然塩だけを使って手作業で作られる」

いまふと思ったんですけど、とひながいって、

「美味しい料理を作るには、食材になにとなにを選ぶかレシピをどうするか、アイデアが大切だって。小説もそうですよね」

「アイデアとは情報の組みあわせじゃ。小説なら読者の興味を惹くような情報を仕入れてくるのが、資料の収集や取材にあたる。その情報と情報を組みあわせることによって、新しい発想が生まれてくる」

「そっか。アイデアはゼロから発想するんじゃなくて、情報と情報を組みあわせるって考えるとわかりやすいですね」

「無から有が生まれんようにゼロから発想なんてできん。どんな斬新なアイデアも既存の情報をもとにしておる。その情報を増やすために自分の引出しを増や

す。すなわち、よく読んでよく遊ぶ」

「はじめて先生に会ったときも、さまざまな経験を積めっていわれました」

竹林は以前「作家は独自の視点を持たねばならん。一般人とおなじ視点では、おもしろいものが書けるはずがない。その作家ならではの、ものの見かたや考えかたがあるから小説が活きてくる」といった。編集者も作家と仕事をするからには、おなじ土俵に立つために独自の視点を持つべきだろう。

ふたりの会話はまだ続いている。

「実際に原稿を書くのは、料理でいうと調理みたいなものですか」

「うむ。おなじ食材を使っても、味は調理の腕でがらりと変わる。調理の腕も文章の腕も、熟練と創意工夫によって上達する。それには時間がかかるから焦る必要はない。そもそも人生の機微がわかってくるのは、四十代五十代になってからじゃ。作家になるのは、それからでも遅くない」

「うーん。あたしはそんなに待てないです。いまだからこそ書けるものもあると思うし――」

「うむ。水炊きのように、煮込みすぎると味が落ちる料理もあるしな」

和真とひなは、あわてて食事にもどった。彼女は蒲焼と水炊きをかわるがわる

食べながら、うっとりした表情だ。和真は首をかしげて、

「あれ？　いつものやつは？」

「いつものやつって――」

「ほら、あれだよ」

「あ、食べるのに夢中で忘れてました」

ひなはちょろりと舌をだして、

「旨い。旨すぎるッ」

と声をあげた。まだまだ、と竹林はいって、

「満足するのは早い。このスープで作るシメの雑炊が旨いんじゃ」


刻んだ青ネギとすりゴマを散らした雑炊は、予想をはるかに上まわる美味しさだった。腹いっぱいになってぼんやりしていると、コタツのなかでごそごそ動くものがある。コタツのなかを覗いたらガブがコタツにもぐりこんでいた。

ひなもコタツ布団をめくって、

「あれ？　シロちゃん帰っちゃったの」

にゃっ、とガブが不満そうに鳴いた。竹林は一階から持ってきたブランデーを

ロックで呑みながらチョコレートをつまんで、

「あれは飼い猫じゃからの。この時間になると家に帰る」

　この時間と聞いて腕時計を見たら、いつのまにか十時をまわっている。はっとしてスマホをチェックしたが、早杉の原稿はまだ届いていない。早杉は原稿はきょうじゅうに送るとメールしてきたから十二時までには届くだろう。と思ったとき、メールの着信音がした。

　原稿が届いたと思ってスマホを見た瞬間、全身が凍りついた。メールは早杉からで「今回はどうしても書けませんでした。ごめんなさい」とあった。

　あわてて早杉に電話したら「おかけになった電話は電波の届かない場所にあるか、電源が入っていないため、かかりません」とアナウンスが流れた。

　大至急連絡がほしいとメールしたが、返信は期待できない。思わぬ緊急事態に呆然《ぼうぜん》としていたら、ひなが訊いた。

「どうしたんですか。なにかあったの」

「きょう話した早杉さんが原稿落としたんだ。どうしても書けないって――」

「えっ」

「電話もつながらない。あしたの朝イチで入稿しなきゃいけないのに、どうしたらいいんだろう」

「代原《だいげん》があるじゃろ」

と竹林がいった。あ、そうか、と和真は大声をあげた。こんなときのために編集者は「代原」と呼ばれる予備の原稿を用意してある。「代原」はたいてい新人作家の読切で、原稿は預かっているが掲載する機会がなかったものだ。

急いで退職した編集者に電話すると、またしてもつながらない。よく考えたら会社が貸与しているスマホだからつながらなくて当然で、退職時に返却しているだろう。といってプライベート用のスマホや自宅の電話番号もわからない。

悩んだあげく橋詰と若槻に電話した。イヴのせいかどちらも応答はなかったが、留守電に事情を吹きこんだ。早杉の担当だった編集者は引継ぎもせずに辞めたそうだから「代原」を用意していない可能性が高い。和真は溜息をついて、

「だめだ。代原はないかも」

「いまから誰かに書いてもらったら、どうですか」

「原稿は五十枚もあるんだよ。頼める作家なんていないし、いてもまにあわない。代原のタイトルにあわせて目次も変えなきゃいけないんだ」

もうじき終電の時刻だから、会社にもどって対策を考えるしかない。

「とりあえず帰ります」

和真がそういって立ちあがったとき、ひながスマホを見て、

「うわ大変。東京方面行きの電車が運休になってます」

「なんだって――」

「車両故障の影響で、始発から運行再開を予定してるって」

「やばいっ、むっちゃくちゃやばいっ」

思わずそう叫んで頭をかきむしった。

「でも会社にもどらなきゃ。タクシーだと神田まで、どのくらいかかるんだろ」

「ここから二時間以上はかかるし、タクシーを呼んだってすぐにはこん。だいたい会社にもどったら、どうにかなるのか」

竹林に訊かれて、かぶりを振った。

「どうにもなりませんけど、じっとしていられないんで――」

「あしたは日曜ですよ。誰も出社しないんじゃないですか」

「――たぶん」

「なら、じたばたしてもはじまらん。あきらめて泊まっていけ」

「そんな――」

「代原が見つかるまで、印刷会社に待ってもらうしかなかろう」

「印刷会社はあしたの九時に入稿しなきゃ、もう無理だって——」

「無理でもなんでも、あすの朝会社にもどって印刷会社と交渉しろ。おまえさんは一階の洋間のソファで寝て、ひなちゃんは和室の布団を使えばいい」

「そうしましょう。あたしはバイトあしたも休みだし」

印刷会社と交渉してもむだだと思うが、いまからタクシーで会社にもどっても真夜中になるから、朝までなにもできないだろう。しぶしぶ泊まる覚悟を決めた。とはいえ不安で眠れそうにない。竹林はそれを見透かしたようにブランデーを注いだグラスを差しだして、

「まあ呑め。呑めばぐっすり眠れるぞ」

「呑みましょう。朝になったら、あたしがちゃんと起こしますから」

とひながいった。和真は曖昧にうなずいてグラスに手を伸ばした。グラスのなかには細かく砕いた氷がぎっしり入り、琥珀《こはく》色の液体が満たされている。それを口に運んだら、芳醇な香りが鼻を抜け、フルーティでまろやかな味わいが喉をすべり落ちた。明かりが灯ったように胃があたたかくなって、荒れた気分がすこし鎮まった。

「旨いですね、これ。こんなときでも旨いのは変ですけど」

「変じゃない。『マーテル　コルドンブルー』は、いつだって旨い」

ひなもグラスを手にして、美味しー、といった。

「すっごく優雅な香り。ブランデーって、いままで呑んだことないけど」

「正確にはコニャックじゃ」

「コニャック?」

「フランスのコニャック地方で作られるブランデーをそう呼ぶ。これを作ったマーテル社は『ヘネシー』『レミーマルタン』『カミュ』『クルボアジェ』とならぶ世界五大コニャックのなかで最古の歴史を持つ。この『マーテル　コルドンブルー』は『飲む香水』と呼ばれるほど評価が高い」

「たしかに上品で洗練されてるっていうかラグジュアリーっていうか、あたしでもめちゃくちゃ高級なのがわかります」

「これをクラッシュアイスで呑むのが好きでの」

クラッシュアイスとは細かく砕いた氷のことらしい。その氷のおかげで『マーテル　コルドンブルー』はよく冷えて喉越しがいい。竹林は自分が食べていたカラフルな包み紙のチョコレートを差しだして、

「コニャックにはビターなチョコレートがあう。これはベルギー王室御用達《ごようたし》の『ガレー』じゃ」

そのチョコレートを食べてみたら、深みのあるカカオの味となめらかな口溶けで『マーテル　コルドンブルー』の美味しさが際立った。ひなも『ガレー』を食べて目を見張り、グラスをたちまち空にした。

あ、忘れてた、と彼女が叫んで一階からショートケーキを持ってきた。竹林は意外にもショートケーキをぱくぱく食べ、

「これもコニャックにあうな。ふたりとも、どんどん呑むといい」

いつになく執拗《しつよう》に勧めてくる。

呑んでいる場合ではないと思いつつも『マーテル　コルドンブルー』と『ガレー』は旨いし、酔わなければやっていられない。二杯目三杯目と呑むうちに気が大きくなってきたが、むかつくのはあいかわらずだ。

「ぼくは無理やり仕事を押しつけられたんですよ。それなのに早杉って作家は原稿落として逃げちゃうし、編集長や先輩はぜんぜんフォローしてくれないし――」

「他人に期待するなといったじゃろ」

「でも――でもですよ。いままで締切に遅れなかった作家が、きょうじゅうに必ず原稿を送るってメールしてきたんだから、期待するじゃないですか」

「ほかの作家が原稿を落とす可能性もあった。おまえさんが事前に代原の存在を確認するか、代原を用意しておくべきじゃったの」

「まあそうです。そうですけどぉ――」

グラスをあおって三杯目を空にすると、竹林がすかさずコニャックを注ぎ足した。和真はそれをぐびぐび呑んで、はい、ぼくが油断してました、といった。

「ぼくがぜーんぶ悪いんっす」

「そんなに自分を責めないでください」

とひながいった。なぜか彼女の丸顔がぼやけて見えると思ったら、なんの脈絡もなく愉快になって、ぐふふ、と笑いが漏れた。

「ぼかあ、ひなちゃんを応援してますよ。先生は他人に期待するなっていうけど、ひなちゃんには期待してるから」

「うれしい。あたしも山野内さんに期待してます」

「ど、どんなことを？」

「あたしが一人前の作家になれるよう、力を貸してほしいんです」

「それはもひろん。ぼくにできることなら、なんらって――」

自分でなにをいっているのかよくわからず、ろれつがまわらない。

まもなく意識が朦朧《もうろう》として猛烈な眠気が襲ってきた。きょうまでの疲れがどっとでた感じだ。ちょっと――ちょっと、すびません。そうつぶやいて畳に横たわったところで意識が途切れた。

十

誌面に穴があく？〈二日酔いでも食べたいトースト&スープ〉

なにか熱くて重いものが胸に乗っている。寝苦しさに目を覚ましたが、なにがどうなったのか考える力がない。頭がずきずきして喉が渇ききっている。

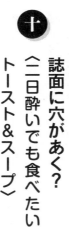

やっとの思いでまぶたを開けたら、胸の上でガブが香箱座りをしていた。ガブは丸い目でじっとこっちを見ている。胸が熱くて重いから押しのけようとした手に、猫パンチがぺしぺし飛んできた。

「ガブちゃん、ごめんごめん」

和真はガブを抱きかかえて脇に置き、ようやく半身を起こした。腰から下はコタツのなかで顔が火照っている。どうやら酔っぱらって寝込んでしまったらしい。相次ぐ失態にげんなりして室内を見まわした。

竹林とひなはおらず窓の外はまだ暗かったが、スマホで時刻を見たら、もう朝の六時半だ。電車は始発から運行を再開しているはずだから、会社にいかなければならない。もしかして早杉から原稿が届いてないか。わずかな期待をこめてメールを確認したが、むだだった。

きょうは最悪に憂鬱な一日になりそうだと思ったら、階段に足音がして竹林とひながトレイを持って入ってきた。ふたりはそれをコタツに置いて腰をおろし、

「やっと起きたか」

「おはよう。山野内さん」

口々にそういった。和真はバツの悪い思いで頭をさげ、

「すみません。うっかり寝てしまって」

「気にするな。それにしても、いびきがうるさかったぞ。大型旅客機のエンジン音なみじゃ」

「――すみません。申しわけないです」

「あたしは一階でぐっすり寝てました。目が覚めたら、先生はもう起きてて朝ごはん作ってたから、お手伝いしてました」

ひながそういって厚切りのトーストが載った皿、茶褐色のスープが入ったカップをコタツにならべた。竹林はそれを顎でしゃくって、

「さっさと飯を食って会社へいけ」

「でも、いま起きたばかりだし、二日酔いなんで――」

「あのコニャックは少々呑んでも悪酔いせんが、よほど疲れが溜まっておったんじゃろ」

「たぶん」

「そのスープを飲んでみい。頭が軽くなるぞ」

どちらかといえば冷たい水がほしかったが、カップを口に運んだら、玉ネギの深いコクと香りがあって熱いスープが胃袋にしみわたった。同時に靄《もや》がかかった

ような頭のなかがすっきりしてきて、立て続けにスープを飲んだ。

スープにはチーズを塗ったちいさなフランスパンが浮かんでいる。スープでやわらかくなったそれをスプーンですくって食べると、にわかに食欲が湧いた。

ひながスープを飲みながら、美味しー、とつぶやいた。

「先生が作るところを見てなかったら、フリーズドライなんて思えない」

「これがフリーズドライ？」

「東京の『ピルボックス』というメーカーの『オニオングラタンスープ』じゃ。炒めた玉ネギと揚げた玉ネギとオニオンペーストを使い、隠し味にパルメザンチーズが入っておる。フランスパンにはグリュイエールとエメンタール、スイスを代表する二種類のチーズを塗ってある」

「美味しいだけあって手間がかかってますね。お湯を注ぐだけなのに、味はレストランみたいに本格的だもん」

このスープがそれほど簡単に作れるなら、うちにも常備したい。ただし原稿の問題が片づいてからだ。

続いて厚切りのトーストを食べてみると、外はサクサクした食感なのに内側はしっとりやわらかい。トーストはデニッシュのように層をなしていて、ほどよい

甘さと旨みがある。どこの食パンなのか竹林に訊いたら、

「それは『京都祇園《ぎおん》ボロニヤ』の『デニッシュ食パン』じゃ。生地の仕込みから発酵した生地をオーブンで焼く焼成まで、職人が手作業でおこなっておる。なにも塗らなくても旨いが、わしは味の濃いトーストが好みじゃから、函館《はこだて》の『トラピスト修道院』の『トラピストバター』を薄く塗った。生きた乳酸菌を使った発酵バターじゃ」

「発酵バターって――」

「一般的なのは非発酵バターで、原料のクリームを乳酸発酵させたのが発酵バター。発酵バターは香り高く味に深みがあって、ヨーロッパでは主流じゃ」

「トーストとスープってシンプルな組みあわせだけど、すごく贅沢ですね」

ひなはトーストを食べながら宙をあおいで、

「旨い。旨すぎるっ」

恍惚《こうこつ》とした表情でつぶやいた。

ついさっきまで食欲がなかったが、あっというまに完食した。二日酔いも醒めてきたから会社へいこう。

竹林に礼をいって立ちあがったらスマホが鳴った。画面を見ると橋詰からだ。

あわてて電話にでたとたん、甲高い怒声が鼓膜を震わせた。

「早杉が原稿落としたけど、代原がないって？　きみはいったいなにをやってるんだっ」

「すみません。いまから印刷会社と交渉します」

「交渉したって代原がなきゃ、どうにもならんだろ」

「――なんとかして対応を考えます」

「きみが引き継いだ仕事なんだから、ぼくは知らないよ。もし代原があったって出来が悪かったら載せられない。そのときは覚悟しといて」

なにかいおうと思ったら、電話は切れた。

和真はがっくり肩を落として大きな溜息をつくと、

「編集長はかんかんだ。下手したら、べつの部署へ飛ばされるかも――」

「そんなの困ります。あたしの担当でいてください」

「そうしたいけど――とにかく電車に乗ろう」

ひなはこわばった表情でうなずいた。

「お騒がせして、すみません。それじゃ帰ります」

竹林に一礼して部屋をでようとしたら、おい、と呼び止められた。振りかえったら、竹林はＡ４の紙の束を差しだして、これを持っていけ、といった。

それを受けとると、一枚目に『三人の食卓　竹林賢一郎』とある。目を疑いつつ紙をめくったら、文章がぎっしり印刷されている。

それは、まさしく原稿だった。和真は思わず息を呑んで、

「こ、これは――」

「代原じゃ。主人公はおまえさんがモデルで、わしやひなちゃんのことを脚色して書いた。ちょうど五十枚ある」

あれほど書くのを渋っていた竹林が――『書かずのチクリン』が――たったひと晩で五十枚も書いてくれた。しかも主人公のモデルが自分とは驚きだ。

ゆうべ竹林が執拗に酒を勧めてきたのは、自分とひなを早く寝かせて原稿を書くためだったのか。自分がコタツで大いびきをかいているあいだ、竹林は黙々とノートパソコンにむかっていたのだ。

ゆうべは遅くまで呑んでいたから、さぞかし眠かっただろう。そう思ったら、胸に熱いものがこみあげて言葉がでない。隣でひなは目をうるませて、

「先生からのクリスマスプレゼントですね」

「そんなもんじゃない。なんとなく気がむいただけじゃ」

竹林はぶっきらぼうにいった。目頭を指で押さえて原稿を見つめていると、

「それは、おまえさんの校正用にプリントアウトした。データはこのあとメールしておく」

「ほんとうにありがとうございます。これから入稿します」

原稿をリュックにしまい深々と頭をさげたが、ふと橋詰がなんというか気になった。橋詰はいつも竹林のことを悪くいうから難癖をつけるかもしれない。

せっかく書いていただいたのに失礼な話ですけど、と和真はいって、

「もし編集長が意地悪して、載せられないっていったら――」

「載せるとも。原稿がないからといって誌面に穴をあける編集者はおらん。それに文聞社社長の藤原正兵衛は、わしの大学時代の同級生じゃ」

「えっ」

「あいつが編集者のころ、依頼された原稿は書けずじまいじゃったが、いまでも腹を割って話せる間柄よ。その編集長とやらがごちゃごちゃいったら、すぐ連絡せい。わしが藤原に話をつけてやる」

「はいっ。わかりました」

「それは読切の短編じゃが、必要なら続きを書く」

竹林はにやりと笑って、近寄ってきたガブを抱きあげると、

「さあ早くいけ。わしはもう寝るぞ」

大きなあくびをした。


和真とひなは、竹林に何度も礼をいって高尾駅へむかった。

山道をくだっているあいだ、ふたりとも、なにかを嚙みしめるように無言だった。あたりはだいぶ明るくなって空は黄金《こがね》色に染まり、冷たく澄んだ風が吹いている。ひなが急に足を止めて、

「山野内さん」

といった。和真も立ち止まって、どうしたの、と訊いた。

「あたしが、もし一人前の作家になれたら――」

「なれたら？」

ひなと視線がからみあったが、目をそらせずに顔が火照った。なにかを思いつめたような表情に胸が高鳴る。固唾を吞んで次の言葉を待ったが、彼女はかぶりを振ると、ちいさな吐息を漏らし、

「やっぱいいです」

和真はがくりとよろめいて、なにそれ、といった。

「ちゃんといわなきゃ気になるじゃん」

「だめ。一人前の作家になれたらいいます」

「そんな――もったいぶらないでよ」

ひなはわざとらしく腕時計に目をやると、

「あ、もう時間がないですよ。急がなきゃ」

微笑して駆けだした。和真はあわててあとを追いながら、

「なんなんだよ。ちょっと待って」

朝焼けの光のなかを、ふたりは白い息を吐きながら肩をならべて走った。

参考文献

『作家論　新装版』　三島由紀夫　著（中公文庫）
『文人悪食』　嵐山光三郎　著（新潮文庫）
『文人暴食』　嵐山光三郎　著（新潮文庫）

本書は講談社文庫のために書下ろされました。

|著者| 福澤徹三　1962年、福岡県生まれ。デザイナー、コピーライター、専門学校講師を経て作家活動に入る。2008年『すじぼり』で第10回大藪春彦賞を受賞。ホラー、怪談実話、クライムノベル、警察小説など幅広いジャンルで執筆。著書に『真夜中の金魚』『死に金』『しにんあそび』『群青の魚』『忌《い》み地　怪談社奇聞録』『羊の国のイリヤ』『そのひと皿にめぐりあうとき』など多数。『東京難民』は映画化、『白日の鴉《からす》』はテレビドラマ化、『俠飯《おとこめし》』『Ｉターン』はテレビドラマ化・コミック化された。

作家《さっか》ごはん

福澤徹三《ふくざわてつぞう》

2021年11月16日第１刷発行

発行者――鈴木章一

発行所――株式会社　講談社

東京都文京区音羽2-12-21　〒112-8001

電話　出版（03）5395-3510

販売（03）5395-5817

業務（03）5395-3615

Printed in Japan

講談社文庫

定価はカバーに表示してあります

KODANSHA

デザイン―菊地信義

本文データ制作―講談社デジタル製作

印刷――――豊国印刷株式会社

製本――――株式会社国宝社

ISBN978-4-06-526076-0

講談社文庫刊行の辞

二十一世紀の到来を目睫に望みながら、われわれはいま、人類史上かつて例を見ない巨大な転換期をむかえようとしている。

世界も、日本も、激動の予兆に対する期待とおののきを内に蔵して、未知の時代に歩み入ろうとしている。このときにあたり、創業の人野間清治の「ナショナル・エデュケイター」への志を現代に甦らせようと意図して、われわれはここに古今の文芸作品はいうまでもなく、ひろく人文・社会・自然の諸科学から東西の名著を網羅する、新しい綜合文庫の発刊を決意した。

激動の転換期はまた断絶の時代である。われわれは戦後二十五年間の出版文化のありかたへの深い反省をこめて、この断絶の時代にあえて人間的な持続を求めようとする。いたずらに浮薄な商業主義のあだ花を追い求めることなく、長期にわたって良書に生命をあたえようとつとめるところにしか、今後の出版文化の真の繁栄はあり得ないと信じるからである。

同時にわれわれはこの綜合文庫の刊行を通じて、人文・社会・自然の諸科学が、結局人間の学にほかならないことを立証しようと願っている。かつて知識とは、「汝自身を知る」ことにつきていた。現代社会の瑣末な情報の氾濫のなかから、力強い知識の源泉を掘り起し、技術文明のただなかに、生きた人間の姿を復活させること。それこそわれわれの切なる希求である。

われわれは権威に盲従せず、俗流に媚びることなく、渾然一体となって日本の「草の根」をかたちづくる若く新しい世代の人々に、心をこめてこの新しい綜合文庫をおくり届けたい。それは知識の泉であるとともに感受性のふるさとであり、もっとも有機的に組織され、社会に開かれた万人のための大学をめざしている。大方の支援と協力を衷心より切望してやまない。

一九七一年七月

野間省一